当代寓言名家新作

Dangdai Yuyan Mingjia Xinzuo

苏格拉底的传说

罗丹◎著

读寓言·学知识·明事理·提素质

品读寓言故事　领悟人生哲理
经典寓言大世界　人生智慧大宝库

天津出版传媒集团

天津人民出版社

图书在版编目（CIP）数据

苏格拉底的传说 / 罗丹著 . -- 天津：天津人民出
版社，2018.9
　（当代寓言名家新作）
　ISBN 978-7-201-13728-5

　Ⅰ . ①苏…　Ⅱ . ①罗…　Ⅲ . ①寓言—作品集—中国—
当代　Ⅳ . ① I277.4

中国版本图书馆 CIP 数据核字（2018）第 199698 号

苏格拉底的传说
SUGELADI DE CHUANSHUO

出　　版	天津人民出版社
出 版 人	黄　沛
地　　址	天津市和平区西康路 35 号康岳大厦
邮政编码	300051
邮购电话	（022）23332469
网　　址	http://www.tjrmcbs.com
电子信箱	tjrmcbs@126.com

责任编辑	李　荣
装帧设计	映象视觉

制版印刷	永清县晔盛亚胶印有限公司
经　　销	新华书店
开　　本	640×920 毫米　1/16
印　　张	11.5
字　　数	200 千字
版次印次	2018 年 9 月第 1 版　2018 年 9 月第 1 次印刷
定　　价	29.80 元

总序：为有源头活水来

——《中国当代寓言名家新作》丛书总序

顾建华

中国当代寓言，正在用浓墨重彩书写着中外寓言史上令人瞩目的新篇章。

进入改革开放的新时期后，在我国文坛上，寓言空前活跃起来，涌现出数百名痴心于寓言创作的作者和难以计数的寓言佳作。

本丛书的八位作者堪称中国当代寓言名家。他们大多数是从20世纪70年代末80年代初开始写作寓言，已经有了三四十年的创作经历。有的作者虽然以前主要从事其他文体的写作，但后来专注于寓言创作的时间也有一二十年了。他们的寓言作品量多质高，一向受到读者的欢迎和好评，不少名篇被各种报刊选用，收入各种集子，有的还被选作教材广泛流传。

这些作者以往都早已有各自的多种寓言集问世，在寓言界有一定的影响。本丛书收入的作品，则是他们近年所写，首次结集。可以说是作者们用积淀了一生的智慧和才华，观察当今社会、解剖各种人生的结晶；也是作者们力求寓言创新的又一新成果，无论在思想境界上还是艺术境界上都给人很多启迪。

这十部寓言集和我们常见的平庸的寓言作品不同，不是用些老套的看了开头就知道结尾的动物故事，演绎一些连小朋友们都已厌烦了的道德说教，或者一些肤浅的事理、教训。它们的题材非常广博，有的影射国际时事，有的讽喻世态人情，有的抨击贪官污吏，有的呼吁保护生态……很多作品笔锋犀利、情感炽烈，既有冷嘲热讽，也有热情歌颂；而思想之深邃，非历经世事者所难以达到。它们娓娓道来的或者荒诞离奇，或者滑稽可笑的故事，却是当今现实世界曲折而又真实、深刻的反映。这样的寓言作品并不是供人饭后消遣的，而是开阔人们的胸襟、心智、眼界，让人们在兴趣盎然地读了之后禁不住要掩卷深思，深思社会、深思人生。

这十部寓言集显现了作者们高超的艺术功底，在艺术表现上多有新的突破和尝试。

杨啸是我国屈指可数的享有很高声誉的寓言诗人。从他的两部新作《狐狸当首相》和《伯乐和千里马》可以看出，他的寓言诗艺术已经炉火纯青，并且还在不断求新，样式、手法多种多样。如作品中除了运用娴熟的单篇寓言诗外，还有不少系列寓言诗、微型寓言诗等等，给人以新意。他过去的很多寓言诗是写给成人的，更是写给孩子们的，特别善于用富有童趣的幽默故事、朗朗上口的动听诗韵，让读者（尤其是儿童读者）得到教益。这两部寓言诗依然既是写给孩子们的，更是写给成人的，在内容和写法上都有很多变化。

张鹤鸣、洪善新伉俪在寓言剧的创作上，在我国原本就无人可与之比肩，近几年又进一步冲破旧模式的藩篱，另辟蹊径地创造了"代言体"寓言短剧的新形式，使寓言能够更好地融入少年儿童的生活和心灵，发挥寓言的道德教育、知识教育、审美教育的作用。《燕南飞》中的一些作品已经成为初学者学写寓言剧的样板，《海神雕像》则显示了作者多方面的才能。他们原先擅长创作带有戏剧性的篇幅较长的寓言故事，现在生活节奏加快，为了满足读者需要，这次也写起了寥寥数言的微寓言，且颇有古代笔记小说的韵味，别具一格。

《蓝色马蹄莲》是作者吴广孝旅居美国时的所见所闻所思所念，散发着我国其他寓言作品中罕见的异域风情。它也不同于其他寓言作品用编织出人意料的情节来揭示作者想说明的哲理，而是像一则则旅游随笔，以优美而简约的散文笔法展示作者所经历、所体验的人、事、物，然后出其不意地迸发出作者由此而来的瑰丽奇妙的思想火花，使随笔变成了寓言。《伊索传奇》以虚构的伊索的生活为线索，在光怪陆离的时空转换中，穿插着对《伊索寓言》的全新的阐释，借题发挥，抒发的却是当代中国人的情感。

罗丹所写的《苏格拉底的传说》同样是以古希腊的智者为寓言的主角。过去也有人这样写过，但罗丹笔下的苏格拉底与他人不同，有着作者本人的印记。苏格拉底对古往今来的各色人等、鸟兽虫鱼发表的言论，都是作者数十年从生活中获得的人生感悟，是对晚辈的谆谆教诲，很值得细细体味。

《白天鹅和黑天鹅》秉承了作者林植峰自1956年上大学时发表寓言（距今已有一个甲子）以来，一以贯之的"颂扬真善美、鞭挞假恶丑"的宗旨。他的这部新作就像他自己所说的那样，是"文字的漫画"，作品中用嬉笑怒骂的文字构成的各种虚幻世界，表达了作者对当前社会现实问题的严肃思考，应该引起世人的警觉。

《龙舟鼓手》，让我们看到作者凡夫严谨的写作态度以及寓言的多种多样的艺术表现手法。其中的作品都是有感而发，篇篇经过精心打磨，在写法上不拘泥于某种套路，微型小说、笑话童话、民间故事、小品杂文等都能运用自如地嫁接到寓言中来。他还特别重视把寓意水乳交融般地渗透到故事中去，他的寓言没有外加的生硬的说教，却十分耐人寻味，让读者自己从故事中去领略、生发更多的意义。

桂剑雄写的《西郭先生与狼》，无论上半部分的动物寓言还是下半部分的人物寓言，都继承和发扬了明清笑话寓言的特色，十分诙谐有趣。很多作品不是以智者为主角，而是以愚者为主角。作者夸张地描写愚者愚拙蠢笨的荒唐言行，讽刺意味浓郁，既引人发笑，更发人深思。如今，寓言中刻画成功的愚者形象并不多见，因此这些作品尤显可贵。

本丛书的作者大都年事已高，却依然充满旺盛的文学创造力，继续为寓言创新铺路开道。他们以自己的创作实践印证了习近平总书记在文艺工作座谈会上的讲话中所说的："人民是文艺创作的源头活水"，"文艺的一切创新，归根到底都直接或间接来源于人民"。

笔者和丛书作者相识、相知数十年。从交往中我深深感受到：他们心底坦荡，为人正直，急公好义，乐于助人，不畏权势，嫉恶如仇；他们一直生活在人民之中，热爱人民，心系人民，对人民的深厚感情促使他们不断地要用被称为"真理的剑""哲理的诗"

的寓言来为人民发声，表达人民的爱憎和愿望！据我所知，本丛书中的不少作品，就是直接来自于作者的亲身经历，是作者在为大众的事业、大众的利益仗义执言。作者们为寓言创新所做的努力，也都是为了使自己的作品更加得到人民的喜欢，满足人民的需要。

　　南宋朱熹的《观书有感》诗云："半亩方塘一鉴开，天光云影共徘徊。问渠那得清如许？为有源头活水来。"池塘之所以能够如镜子一般透彻地映照天光云影，是因为它有源头活水。当代寓言名家新作之所以能够拒绝平庸，不断创新，真实地、本质地反映现实生活，就因为作者们紧紧地依赖于汩汩涌流、取之不尽、用之不竭的源头活水——百姓生活。脱离了百姓，脱离了生活，寓言就会成为"无根的浮萍、无病的呻吟、无魂的躯壳"，失去与时俱进的活力，失去存在的价值。

　　作者诸兄嘱我为这套丛书说几句话，就写下了以上一些读后心得，权作序言。

2016 年元旦于金陵紫金山下柳苑宽斋

目 录

一所奇特的学校

苏格拉底奉上帝之命，到人间办了一所学校。

这个学校很特别，进出只开两个门：一扇大门，一扇小门。小门又矮又窄，必须低头、侧身，才能穿过。

学校规定：大门只供老师和"旧生"出进；小门专供新生通过。每个新生都必须从小门低头侧身走满一年，然后才能从大门进出。

有一天，学生柏拉图问苏格拉底："老师，我们新生为什么只能走小门呢？"

苏格拉底神秘地笑笑，反问柏拉图："那我问你，蓝天离我们大地有多高呀？你知道吗？"

柏拉图和同学们望了望高高的天空，摇了摇头，一齐问苏格拉底："老师，那你说有多高呢？"

"三尺！"苏格拉底伸出三根指头晃了晃。

"哇！——怎么只有三尺呢？"柏拉图和同学们听了，惊讶地说，"那我们这些七尺高的人，岂不是要把蓝天刺破或者被蓝天压垮么？"

"对哪！"苏格拉底说，"所以，你们如果不想被天压垮的话，那么，就请在生活中，先学会敬畏、谦卑和'低头'吧！"

"咕噜噜" 和 "叮叮咚"

从前，有两个朋友，一个叫"咕噜噜"，一个叫"叮叮咚"，都想成仙，永远长生不老。于是，就结伴来到阿尔卑斯山顶，去找天使苏格拉底，寻求指点。

"咕噜噜"先到，他向上帝祷告之后，苏格拉底给了他一杯水和一片天鹅毛，说："孩子，成仙是要付出代价的呵！这样吧，这是杯圣水，你要好好思考，千万别轻易倒掉。你捧着它从这条小路下山，会碰到一只正在修炼的狐狸，它会详细给你指导。"

"咕噜噜"小心地捧着圣水，沿着一条山路走去。在山腰上，果然碰到一只红毛狐狸，眯着眼睛在洞口打坐。

"咕噜噜"走过去，虔诚地说："狐狸先生，我想成为神仙，永远长生不老。仁慈的上帝使者苏格拉底，已经给了我一杯圣水，您能不能再给我一些指导？"

红毛狐狸点点头说："可以。这杯圣水，你如果把它喝掉，世上所有的女人都会很快变老，老得像一堆干瘪的葡萄，你就可以永远年轻俊俏；如果你不把圣水喝掉，世上所有的男人就会很快地老掉，老得像一根根干枯的稻草。你也会迅速变老，老得满头白发，两眼昏花，牙齿像落下的干枣，耳朵听不到虫鸣和鸟叫。

若想要世上男女不很快变老，你就要用这根鹅毛管，从鼻孔把水吸掉。不过，这样一来你身上会长满毒疮，头上会长出大疱，身子会缩得像猴子一样大小。快进这洞里去思考三分钟吧，然后从那边的洞门走出来，就会知道分晓。"

"咕噜噜"捧着圣水，走进洞里，坐在石墩上想：我不管是不是把这杯圣水喝掉，世上都有一半人会迅速变老。如果我喝掉它，至少我会年轻俊俏。如果长毒疮，变猴子，这可叫人受不了。唉！那就喝掉吧，反正我问心无愧，对得起上帝和一切亲朋好友！"。

"咕噜噜"想罢，就"噜噜咕咕"地把圣水喝了。

不久，"叮叮咚"也来找苏格拉底，也跪在上帝面前祷告："万能的主啊，我想成为一个神仙，从此长生不老，请您给我帮助吧，我会永远记住您的仁慈和教导！"

上帝的使者苏格拉底说："长生不老是要付出代价的，此事你要思考好。"说罢，同样给了他一杯圣水，一片天鹅毛，要他小心捧着，别把它轻易泼掉。然后沿着那条小路下山，去找狐狸修士请教。

"叮叮咚"走到山腰，也碰到那只红毛狐狸，正眯着眼睛，望着天上的云彩，似笑非笑，好像在默默地祷告。

"叮叮咚"向他合掌行礼，诚恳地请教："尊敬的狐狸修士，您好！我想成为神仙，从此长生不老。感谢仁慈的上帝使者苏格拉底，给了我一杯圣水，请您再给我详细的指导？"

狐狸微微一笑："可以。这杯圣水呵，你可以把它喝掉，不过，世上所有的女人，都会很快变老，老得像一颗颗干枯的核桃，而你就可以变得年轻美貌。假如你不把它喝掉，世上的男人就会很快变老，老得像一块块烤焦的面包。那么你呢，也会立即变老，老得眉毛雪白，两眼发昏，牙齿脱落，耳朵听不到风声和欢笑。倘若你不想天下的男女很快地变老，那就请你用鹅毛管，从鼻孔里把水吸掉。这时，你浑身会长疮发烧，头上会长出红肿的大疱，脑壳会重得像戴了一顶铁帽。你的身子也会像毛猴一样变小。快到洞里去好好思索三分钟吧，然后从那边的洞门出来，你就会知道奥妙！"

"叮叮咚"捧着圣水走进洞里，坐在石上慢慢思考，越想越觉得懊恼：我为了成仙，为了长生不老，辛辛苦苦求来了这杯圣水，却成了巫婆手里的"魔桃"。这是一个无法解开的"魔咒"啊！不管我喝还是不喝，世上都会有一半人会因此迅速变老。唉！我好后悔哟，早知如此，真不该来找上帝胡闹！能不能让世上的男人和女人，都像我一样年轻不老呢？那自己可要受到生毒疮、变毛猴的痛苦折磨以及终身受罪的烦恼……

"叮叮咚"为难地在洞里走来走去，狠狠地捶了捶自己的脑袋。他几次想喝下仙水，却又重重地放下杯子，长长地叹了一口气：唉！我怎么这样自私，这么无聊，为了自己长生不老，为了一个人年轻俊悄，要让世上所有的年轻的姑娘都变老……这样没有爱心的人，即使再年轻，即使再俊俏，活在世上又有什么好？又有啥味道？

"不，决不！""叮叮咚"用手使劲地一把一把地揪着自己的头发，"这样做，我与那吃人的魔鬼撒旦又有什么区别？岂不是与他走上了同一条道？！……"

呵！上帝的使者苏格拉底讲了，成仙和不老，是要付出代价的。世上的事，有"舍"才会有"得"，总要有一些人舍得牺牲，才会有人得到幸福！……好吧！既然这样，这事是由我的自私引起的，为了全世界的男人和女人年轻不老，就让我去牺牲好了！不然，我一辈子都会受到良心的责拷！

"叮叮咚"想着想着，后悔，懊恼，狠狠撕咬着他的心。他猛地下定决心，将杯里的水一股脑儿从鼻孔里吸了进去……

几分钟后，"咕噜噜"从那边的洞口走出来，他成了一个年轻的"魔鬼"，青面獠牙，张牙舞爪地嗷嗷号叫。

不久，"叮叮咚"也从那个山洞口出来了。他虽然浑身长了些红疮，头上顶着大疱，可出洞以后，天风一吹，立即变成头顶金冠，身披黄色长毛。那猴子样的身躯像孙悟空一般，矫健无比，容光焕发，步履轻盈，胁下还长出一对天使的美丽翅膀，显得十分俊俏。原来他已变成一位可爱的"天使"了……

"叮叮咚"立刻扇了扇翅膀，驾着彩云，飞到那绿水青山中继续修炼去了……

"咕噜噜"见了，既羡慕又嫉妒，心里非常气愤，觉得上帝如此忽悠人，太不公道，便又跑到阿尔卑斯山去，向上帝的使者苏格拉底"哇啦哇啦"地质问、吼叫。

苏格拉底严肃地说："孩子，你要知道，'私心'是个魔鬼，'爱心'是位天使。它们住在同一个楼层，相距只有几秒。而且门上没有标志，就看你用什么'心'去敲。往往就在那关键的几秒钟里，决定你是投胎成了魔鬼，还是投奔到天使的怀抱……"

人生的喜悦和悲哀

有一天，某大学举办人生讲座，请智者苏格拉底去讲课。

听讲的人挤满了一礼堂，大家都想听听这位智慧天使有什么高论。

苏格拉底讲完以后，让学生们提问。

第一个学生问道："苏格拉底先生，您说，人生最大的喜悦是什么？"

苏格拉底想了想说："人生最大的喜悦，是他曾经战胜过痛苦、挫折和坎坷。"

学生们议论纷纷。

这时，第二个学生站起来问："那么，人生最大的痛苦又是什么呢？苏格拉底先生！"

大智者举起手臂挥了挥说："人生最大的痛苦，是他只尝过欢乐！"

礼堂里叽叽喳喳地骚动起来。

第三个学生大声问道："尊敬的智者先生！据你看，人生最大的悲哀是什么呢？"

苏格拉底也提高声音，郑重地回答说："年轻人啊，人生最大的悲哀，是他不知道人生为了什么！"

倘若生命闪烁光芒

　　秋夜，智者苏格拉底与好友克里蒙，一起在草坪上赏月。

　　克里蒙拍拍他说："喂，老伙计！你看看老槐树尖上的那个月亮。我们一起从年轻时望到了年老，望得我们长了胡子，它却没长胡子；望得我们白了眉毛，它依然像位姑娘那样微笑！阿苏，你说，这是为什么呵？"

　　苏格拉底对月亮望了半晌，郑重地说："克里蒙，我知道了，生命，倘若能闪烁光芒，它就会年轻俊俏！"

两个厨师的争论

两位厨师在一起争论"吃"的问题。

厨师甲说："人，不能拒绝吃饭。"

厨师乙说："人，更不能拒绝吃苦。"

两人争论不出高低，便一同去请智慧天使苏格拉底评判。

苏格拉底拍拍他俩说："请记住：拒绝吃饭的人，只会饥饿一时；拒绝吃苦的人，很可能会挨饿一辈子！"

"机遇"是个善于伪装的家伙

有个信徒，特地跑来问苏格拉底："天使呵！在人生路上，机遇为什么这样难求呵？"

苏格拉底安慰他说："孩子，一个人的成功，不仅在于机遇，更在于他的正确选择呵！因为正确的选择，可以给你带来更多的机遇！"

信徒懊恼地说："那我这辈子，怎么没有碰到一次机遇呢？"

苏格拉底继续说："先生！机遇之所以难找，因为机遇是一个最善于伪装的家伙。有时候，它以魔鬼、妖巫、挫折、灾难、困难、失败这些面孔出现。大多数人都因此被它迷惑，往往被这些'假面'吓倒，而不能认出它，让它轻易地从你们面前溜走了。其实，在挫折、困难、失败、灾祸这些挡路的妖魔面前，你只要敢于面对，跟它斗智斗勇，它马上就会露出'机遇'的可爱脸蛋。它会像一头温驯的驯鹿，载着你，去追赶、拥抱那美丽幸运的女神！"

信徒似有所悟，躬身致谢……

"机会"女神

有一天，苏格拉底问弟子西柏斯："最近，上帝要我给你派来了'机会'女神，你接待了没有？"

西柏斯摇了摇头，长长叹了一口气："唉，我没让她进门哩！"

苏格拉底惊讶地问："那是为什么呢？"

西柏斯哭丧着脸说："'机会'女神最让我头痛之处，就在于她告辞时，总是比她造访时更好辨认哟！"

人的活法和心情

某日，有位大富豪和这位穷哲学家苏格拉底在一间高档咖啡店相遇。

富豪惊讶地问："喂，苏格拉底！你也常来这种咖啡店喝咖啡么？"

"当然，"苏格拉底瞅了他一眼说，"只要心情好，有兴致，我就来这里喝一小杯。"

富豪疑惑而不屑地问，"可是，早几天，我还碰见你为没钱出版自己的学术著作发愁呵！你有好心情来消费吗？"

"尊敬的先生，"苏格拉底抿了一口咖啡，放下杯，爽朗地笑了笑说，"是的，我发愁过。但人的活法和心情是可以自己调控的，我常常告诉自己：也许，我写一千部著作，打拼一辈子，也不会比你更有钱。但是，我可以做到身体比你更健康，家庭比你更和睦，知识比你更渊博，心情比你更愉快。在品尝咖啡时，我可能比你更悠闲；在欣赏音乐时，我可能比你更投入；在享受友谊时，我可能比你更单纯、更快乐。先生，人，应当各有各的活法，这个世界才会丰富多彩呢！大概，这就是他老人家在我们之间玩的一种小小的平衡吧？"

富翁瞠目默然……

善良的"回报"

有一天，苏格拉底和老友克里蒙、克希亚讨论"因果"问题。

克里蒙说："老伙计！我认为，世上之事，有'因'才有'果'，有'果'必有'因'。你说对么？"

"对极了！"苏格拉底点点头，便对他说了一件报纸上的事：

某年7月，某大报上登了一件真实的奇事。S市有个女中学生，高考分数比别人少了10分。按理说，她要考上一所好大学，希望极小。可这个女孩性格开朗活泼，人又善良。学校开始录取的那天，她和同学一起去了录取谈话的现场，发现有些人在架帐篷，一个个汗流浃背。看看天色已晚，架设的工人忙着在努力赶工。女孩看到这情景，就主动上去帮忙。等她帮忙架好帐篷以后，有个新加坡来中国招收留学生的教师，把她请到宾馆里同她谈话。最后对她说："你愿意到我们新加坡大学去读书吗？如果愿意，我们决定录取你。你每年可享受相当于20万元人民币的助学金。你同意去吗？"女孩惊喜之极！

克里蒙感叹地说："你看，这个令她意外惊喜的'果'，不就是因为她有乐于助人善良的'因'么？"

克希亚喝了口茶，说："老朋友，还有个更经典的故事呢！"

大约是第一次世界大战的时候，英国苏格兰有个贫穷的农夫，叫弗莱明。有一天，他在田里劳作的时候，附近的沼泽地里，传来一个孩子喊救命的声音。他连忙跑过去，奋力将被泥沼吞没的孩子救了出来，并把孩子送到他的家门口。第二天，一个乘坐华丽马车的贵族来找这位农夫，对他说："你救了我的孩子，我要报答你。"弗莱明摇摇手说："不，我救他不是为了图什么报答。"

这时，从贫穷农夫的屋里跑出一个孩子来看热闹。贵族问："那是你的儿子吗？"农夫自豪地点点头。贵族说："我要请求你同意，让我为你的孩子，提供与我儿子受同样教育的机会。如果这个孩子能像他父亲一样勇敢和善良，那将是我们国家和所有人的骄傲。

这位贫穷农夫的孩子真的做到了。他从伦敦最好的学校圣玛丽医学院毕业后，因为发现了青霉素而享誉世界。他就是亚历山大·弗莱明爵士。

许多年以后，那位被农夫从沼泽泥中救出来的孩子患了肺炎，这次救了他的，就是这位年轻爵士发现的青霉素。

这个两次被救的孩子长大以后，在第二次世界大战时，成了英国赫赫有名的首相。他的名字叫温斯顿·丘吉尔，曾经领导英国和世界人民进行了反法西斯战争。"

苏格拉底望了望克里蒙和克希亚，用手指敲敲桌子说："一切看似偶然的'果'，其实中间藏着必然的'因'。人们应当记住：善良是金钱买不到的，但它会获得比金钱更珍贵的高额回报。"

不要害怕路边的"陷阱"

有个信徒，跑来恭敬地问："尊敬的苏格拉底呵！人生路上，有很多歧路，有不少陷阱，所以，我们每走一步，都要瞻前顾后，小心谨慎。您能不能告诉我，要怎样才能迈开大步走啊？"

苏格拉底拍拍他说："可以。我的孩子！告诉你一个诀窍：人生路上，只要你选准了方向，就不要去管那么多细节。既要小心，又要不怕陷阱，勇敢地大胆前行。"

苏格拉底用脚踩了踩脚下的路，缓缓地说："人的最大悲哀，就在于缺乏自信，害怕跌倒，把许多宝贵时间，浪费在犹豫不决和自我恐惧上。在人生路上，要抬起头来，甩开膀子前行。只有迈开你自信自强的双脚，才能到达目的地。犹犹豫豫的胆小鬼，可能不会跌入路边的'陷阱'，但他永远只能在原地踏步！"

诉说孤独的老人

一位老人向苏格拉底诉苦，说自己很孤独。

苏格拉底问："你难道没有儿女么？"

老人用衣袖擦擦眼睛说："有啊，可他们只同自己的妻儿有说有笑，同我却没有多少话说，更别说亲热地谈心了。"

苏格拉底惊讶地说："你没问这是什么原因吗？"

老人悲伤地说，"他们讲，我与你们老人有代沟，有心理障碍。上帝呵，您说，这公平吗？"

苏格拉底叹了一口气："唉！这也是你当年对老父母说过的话哟，怎么不公平呢？"

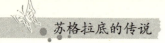

星星与月亮

傍晚，智者苏格拉底和几个学生在海边散步。

不久，月亮出来了，像一个弯弯的银钩挂在天际，把清辉洒在海边，洒满大地。这时，星星也出来了，像一颗颗闪亮的钻石，零零落落地撒满天空这个大玉盘。

于是学生们争论起来，有的说："月亮比星星好，没有它，大地的夜晚就没有如此辉煌。"有的说："星星也不错呵，虽然它的光亮小一点，可它像无数珍珠，把天空装饰得特别漂亮！"

究竟是月亮比星星好呢，还是星星比不过月亮？大家一起去问苏格拉底老师，想听听他的评判。

苏格拉底指指天空，耸耸肩膀说："你们刚才的争论，星星已经听到了，它悄悄通过电波对我讲：'与月亮比，我们决不妄自菲薄，哪怕我们的光辉再弱再小，也是自己发出的光芒在闪烁呵！'"

智者的指点

有位老人已活到了99岁。这天，上帝派苏格拉底去接见他，问他这一生有何最不满意之事。

老人向苏格拉底诉苦：

"尊敬的上帝使者呵，这一辈子，别的我都比较满意，就是对那个'诺言'，让我一辈子伤心。小时候，父母有时不兑现他们的诺言，让我失望；结婚了，妻子经常不兑现她的诺言，让我失望；后来，朋友们的诺言，公司领导的诺言，更是让我失望；晚年了，儿女们的诺言，也大都让我失望。尊敬苏格拉底呵！我这辈子为什么老碰到'失望'呵？下辈子您老人家帮我求求上帝，能不能让我少遇到一点呵？"

苏格拉底笑笑说："可以！老人家！请你记住我这句话：下辈子，你不要太相信别人的诺言，而要全力去兑现自己的诺言。这样，你就不会那么失望了！"

名声和石碑

苏格拉底有位朋友，从小报记者到超市老板、公司经理，最后混到市里的一个不大不小的"官"。此人虽然有钱有权，但为人奸狡，爱钱如命，当面笑嘻嘻，背后尽使坏。在朋友们中，声名狼藉。人们在背后叫他"干蚂蟥""碰到牛蹄子都要叮一口"。有人还写了"打油诗"，街头巷尾常有人传唱，弄得他的儿女们都不想同他一起上街了。

这位朋友又恼又气，去问智者苏格拉底："朋友，你有何办法可以扭转我的声名？"

苏格拉底搔搔脑袋说："难啊！'名声'是个爱憎分明的'魔方'，倘若你用'虚伪'和'卑鄙'制造它，它就是一只毒蚊，追着你叮；倘若你用'才学'和'美德'制造它，它就是天地间一块闪光的奇金。"

朋友着急地问："那我用重金请人写篇歌颂我的美文，然后刻在石碑上，竖在人来人往的大路旁。这个办法如何？"

苏格拉底连忙摇摇头说："那只怕会适得其反啊！你知道吗？世上最易刻的是石碑，最难刻的是丰碑，不必竖的是墓碑，最要竖的是口碑呢！"

对苍蝇的开导

一只苍蝇飞进智者苏格拉底的书房里，向他诉说心中的不平：

"尊敬的苏格拉底先生，维纳斯缺了两条手臂，人们却赞美她是美神。我们苍蝇，有彩色的翅膀，手脚也十分完整，人们却把我们当魔鬼似的驱赶和拍打，这世道难道公平么？"

苏格拉底瞥了苍蝇一眼，说："苍蝇先生，你要知道，没有手臂的美神，仍然是美神，有手臂的苍蝇，不过是苍蝇。这怎么不公平呢？"

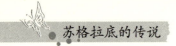
不能飞的蝴蝶

有一天，苏格拉底到阿尔卑斯山下去散步，听到丛林里有个小男孩在哭泣。

苏格拉底走过去，拍拍他，问道："小朋友，你为什么哭呵？"

"这只小蝴蝶不能飞……它快死了……"小男孩一边抽抽咽咽，一边告诉苏格拉底刚才发生的事情。

小男孩说，今天下午，我到这里来砍柴，发现灌木枝上挂着个黑褐色的茧。我好奇地看了看：哇，这是一只想努力钻出壳的小蝴蝶的茧呢。

我静静地站在灌木丛边，想看看这只蝴蝶，到底是怎样钻破这个茧壳的。

茧的尖端，已经被里面的蝴蝶咬了一个小洞。透过洞口，我看见一只小东西在里面奋力挣扎。它用头钻，用脚蹬，用它那小而软的翅膀，使劲地拍打。可茧里的空间太小，紧紧束缚着它的身子，限制了它的行动。那才咬破的洞口很小，只能钻出半个小小的脑袋，身子怎么也钻不出来。它挣扎了好久，突然静静地躺着不动了。看得出，它为刚才的挣扎，付出了很多，已经筋疲力尽了。

我边观察边在心里对它说："休息会儿吧！可怜的小家伙！

这个茧口太小，也太难钻破了。"

过了短短一会儿，小蝴蝶又鼓起劲来，奋力地往外钻，往外挤。看得出，这一次它用的劲更大了，茧壳儿不停地在树枝上摆动，茧壳里还发出沙沙的声音，它是在为自己的挣扎喊"加油"么？

这样又挣扎了一个多小时，茧壳里突然静下来，树枝也不再摆动，是小蝴蝶疲惫地跌倒在茧壳里了么？

我想，可怜的小东西，多么可爱的小精灵呵！它要这样钻出茧壳，那得费多大的劲呀，甚至可能永远也钻不出来！

我决心帮这小东西一把，让它顺顺利利地钻出壳来。

我掏出裤兜里的小刀，轻轻地在茧口上割了一条缝，又用手把茧口撕大一点。

小精灵养了一会神，又开始挣扎了。这一回，它没费多大的劲，就轻轻松松钻出来了，一骨碌跌到了草地上。

跌出来的东西，是一只很小很小的蝴蝶，干瘦干瘦的身子，很短很软的翅膀。它想飞，可拍了几下，却飞不起来。它只好伏在草地上，一动也不动，一副软弱无力的样子。

我蹲下来，专心地盯着这个小东西。我想看到它身子慢慢变胖，翅膀慢慢伸长，然后轻快地飞起来，飞到那飘散芳香和色彩的花丛中去。

可我等了好久好久，你看，太阳已经快落山了，小蝴蝶身子还是那样瘦小，翅膀还是那样软弱无力，它只能在草地上缓慢地爬行。"苏格拉底爷爷，这到底怎么了呵？以前，我也看过钻出茧的蝴蝶，它只要在茧口上休息一小会儿，就能伸开大而漂亮的翅膀，快乐地向花丛飞去……可这蝴蝶，怎么不会飞啊？"

苏格拉底长长叹了一口气，说："这要怪你作的孽呢！"

"怎么？这能怪我吗？"小男孩不服气地站起来。

苏格拉底拍拍他的肩膀，耐心地开导他说："你知道吗？很多时候，痛苦的挣扎，是一切生物包括我们人类在成长中不可缺少的部分，也是它们成长必须经历的过程。如果过于轻松，生活总是一帆风顺，反而会让它们变得不健全，长不出壮强的筋骨，也不会有一对矫健的翅膀。"

小男孩惊讶地瞪大眼睛看着他。

苏格拉底细心地解释说：

"凡是虫蛹想化成蝶，都必须不断地奋力挣扎，一次、两次……十次、百次，直至几千次的痛苦搏斗，才能破茧而出。就在它努力挣扎的时候，身体里的血呀，液体呀，一次次地涌动，慢慢流向全身，流向翅膀，于是，蝴蝶的身子强壮起来，翅膀开始变硬变长。那个小茧口，也被它千百次地渐渐挤破，挤大。这样，它通过自己的努力和奋斗，不仅获得了生存的经验和智慧，同时，也长成了健全而强壮的身体，一旦挣脱茧壳，就能展翅飞翔。你帮它把茧口撕大，看似出茧顺利了，却"剥夺"了它自己痛苦挣扎的成长过程，使它反而变得瘦弱不堪，失去了飞翔的能力……孩子，你这样去爱它，实在是害了它呵！"

小男孩后悔地低下了头……

贝多芬的回答

有一天，苏格拉底问弟子："你们知道作曲家贝多芬的事迹吗？"

"略微知道一点，老师！"克利托说，"我听说贝多芬大师一生受尽了磨难和挫折，晚年时连双耳也聋了。但他顽强地与苦难和挫折做斗争。就连耳朵聋了之后，还创作了著名的《第九交响曲》，震动了整个乐坛，是这样吗？"

苏格拉底点点头说："后来有人问他：为什么会在命运和挫折面前，如此顽强？你们知道他的回答吗？"

弟子们一齐摇摇头。

"这个回答你们可要牢牢记住呵！"苏格拉底微笑着说，"贝多芬讲：挫折是上帝送给你的一份礼物，如果你拒绝接收它，上帝是不会高兴的，肯定不会再赐福给你了！"

克里蒙的问题

有一天，苏格拉底与好友克里蒙讨论人生问题。

克里蒙问："苏格拉底，昨天有人问我：世上有两种人缺少朋友，一种是老人，另一种是小人。这是为什么呢？"

"老人无友，是因为他已经老了。"苏格拉底缓缓地说，"小人无友么，那是因为他是小人呀！"

"呵！有道理！"克里蒙拍拍脑袋又问，"喂，老伙计！还有学生问我：父亲智慧是否儿子也会也同样智慧呢？"

苏格拉底一字一板地说："根据我 70 年的人生经验：智慧的父亲，不一定能育出智慧的儿子。但是，愚蠢的父亲，多半会把愚蠢传给子孙！"

阴影的幽灵

有人在背后说苏格拉底的坏话，学生克利托听了很气愤，跑来问他：

"老师，您这么注意修养自己的品德，为什么还有人在背后说您的不是呢？"

苏格拉底拍拍克利托的肩膀，指指自己身后的影子，笑了笑说：

"生活中有一种阴影，是个卑鄙的幽灵。你有多高，它就有多长。只要你活动，阴影就会跟得你紧紧。人若害怕阴影，那就只能躺着生存；不害怕阴影的骚扰，才能挺起腰杆前行！"

河流的命运

有个信徒，在奋斗中历经无数挫折和坎坷，却总是没有成功。他悲观、失望，再也没有奋起的勇气了。他跑到阿尔卑斯山，向苏格拉底诉苦：

"我们的上帝使者呵！人生路上的障碍为什么这样多哟？命运真像一个魔鬼，我实在无法去战胜它呀！"

"要挺住呵！"苏格拉底耐心地劝他，并把他带到一条小河边，指着滔滔的流水问："你说，这条小河，最后会流到哪里？"

那个信徒说："当然会流到大海了。"

"是呀！"苏格拉底拍拍他说："这就是每条河流相同的命运呵！世界上，没有一条河流不到大海的。它们之所以有区别，是因为有的河流懂得怎样战胜或避开障碍奋勇向前；有的则在障碍面前停住了奋进的脚步，躺下来哀叹。衡量一条河或一个人是否会达到目标，就看他们在遇到障碍的逆境中，是仍然坚持前进，还是停下来哭泣？"

最大的麦穗

有一天，苏格拉底带领弟子柏拉图、克利托、斐多、西柏斯和西来亚斯去郊游，他们来到一块宽阔的麦田边。

那时，正是 7 月的收获的季节，风吹过，麦浪翻滚，沉甸甸的麦穗欢快地摇曳着

苏格拉底说："孩子们，我们来做个智慧游戏好吗？"

"好！"大家欢呼跳跃起来。

苏格拉底说："你们从同学中，选两个大家认为最有智慧的人来做代表吧！"

"我们选柏拉图和克利托！"弟子们一齐高呼。

苏格拉底对柏拉图和克利托说："你们两人都到麦田里去，看谁能摘一支最大的麦穗来。但是，有个规矩：只许向前走，不许往后退！我和同学们在麦田的那边尽头，等候你们采到的麦穗，听明白了吗？"

"听明白了！"

柏拉图和克利托兴高采烈地走进了麦地，按照老师的要求去寻找那株"最大的麦穗"。

麦田里的麦穗都长得很壮实，哪株才是最大的呢？柏拉图和克利托都慢慢地向前走，两只眼睛专心地东瞅西瞧……

时间过得真快，就在他俩一边向前走，一边认真仔细地挑选中，猛然听到一个苍老的声音："你们到头啦！"。

他俩猛地一抬头，只见苏格拉底老师和同学们都站在身边看着他们。这时，克利托两手空空，如梦初醒。他回头望了望麦垄，无数株小麦摇晃着脑袋，似乎在为他惋惜。他又看看柏拉图，见他手里握着一株沉甸甸的麦穗。

苏格拉底皱了皱眉头，要他俩谈谈刚才采麦穗的心情，并要克利托先说。

克利托轻轻地讲："我走在麦田里，认真地看看这一株，摇了摇头，又看看那一株，也摇了摇头。有时，我也采到了一株，可比比前面的麦穗，又把手里采到的那株随便丢了。总认为麦田很大，前面的机会还很多，最大的那一穗，肯定就在前面……唉！我就这样不知不觉地放弃了机会，浪费了时间......"

"那么，你呢？"苏格拉底老师把目光转向柏拉图。

柏拉图看了看老师说：

"我走在麦田里，也在仔细地挑挑拣拣。可我想，田里的麦穗都差不多壮实，最大的那株，也不过是多几颗麦粒而已。何况麦田这么大，最大的那一株，自己也不一定能碰到，那就先把身边这株比较大的麦穗采到手里吧......如果前面能遇到那株最大的更好，假如遇不到，我就紧紧握住手里这一株，也不会白白浪费在麦田里的时间呵！"

苏格拉底听了他俩的话，大声地问弟子们："喂！你们评评：他们俩谁悟出了人生的一个道理了？"

"柏拉图！"弟子们异口同声地回答。

弟子斐多说："老师，我领悟了。人的一生，也仿佛是在麦田中行走，也是在寻找那'最大的一穗'。有的人见到了颗粒饱满的'麦穗'，就不失时机地摘下它；有的人则东张西望，一再错失良机。当然，我们的追求应该是最大的，但先把眼前的那一穗拿在手中，才是实实在在的！"

苏格拉底带头鼓起掌来。随即又问别的弟子："你们从他俩今天采麦穗的结果中，又能悟出点什么呢？"

大家七嘴八舌地说："老师！我们参悟人生真理，不仅要学习柏拉图的正面经验，更要吸取克利托的反面教训。从正反两面去参悟，悟到的真理，才不会片面。"

希望他像棵小草

　　苏格拉底的夫人生了儿子，来祝贺的朋友们对她说："夫人，这孩子将来准会像他老爸一样，有颗金子般的头脑呵！"

　　"不！"苏格拉底在旁边摇摇头说："我倒希望他像棵小草。"

　　"那为什么呢？"朋友们惊讶地问。

　　苏格拉底拍拍朋友的肩膀说：

　　"金子虽然名贵，可它没有生命，任凭匠人们叫它圆就圆，要它扁就扁。小草不同，它虽然低贱，卑微，却有顽强的生命力和自己的个性。不管冰冻、雪压、车辗、人踩，都压不倒它。春风一吹，它就立即发芽，蓬蓬勃勃，开放自己的小花。这不比金子强么？"

实话与谎言

"实话"向智者苏格拉底诉苦：

"在这个世上，我吃了不少苦头。"实话呜呜咽咽地说，"我说锦鸡原是一个小蛋，锦鸡向我瞪眼、撇嘴；我说老人总会死的，老人骂我晦气，还向我呸了一声。而不顾事实，只知逢迎讨好的'谎言'，却处处大受欢迎，人人给它点'赞'！"

苏格拉底劝道："'实话'啊，你要把眼光放远一点。从长远看，'谎言'最危险，'实话'最安全。谎言也许会暂时开花，但绝不会结果。要结，也只会结出让人悔恨难咽的苦果呢！"

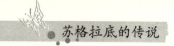

墓碑的风波

苏格拉底成了天使，他能穿越时空，穿越历史，不受局限。有一次，他居然跑去参加美国大物理学家富兰克林的葬礼。

富兰克林一生辛勤地创造发明，赢得了一百多个头衔。他死了以后，儿子却只在墓碑上刻了这样几个字：

"印刷工富兰克林"，别的什么也没写。

参加葬礼的亲友们，纷纷跑去指责和质问他的儿子吉姆。吉姆一边流泪，一边从贴身衣袋里拿出父亲富兰克林的遗嘱，哽咽着说："这是我父亲临终前一再叮嘱过的，墓碑上只要刻上这几个字就行了……"

大家不相信，因为遗嘱上签名不全。原来富兰克林写这几个字时快咽气了，名字的字母没有写完就去世了。

这时苏格拉底从人群中站出来，接过"遗嘱"说："女士们！先生们！我请你们在这里向墓主人默哀三分钟吧！我马上到天堂去，请他补签一下呵！你们看看，这遗嘱后面还有一段意味深长的话呢！我念给大家听听吧！"

苏格拉底天使大声念道：

"人呵！谦虚是一种美德，也是一种力量。在墓碑上刻那么多头衔有什么用呵？！你看，水很谦虚，没有竖碑，它总是向下，向下，它却流成了江河湖海；山很谦虚，没有竖碑，它总是沉默，沉默，它却在无言中耸立成一道风景！春很谦虚，它总是在凌厉的冬后悄然而至，它却温暖了生命，催开了花朵；秋很谦虚，它总是在喧闹的夏后静静到来，可它却带来了收获，带来了果实……它们都没有竖什么石碑呵！人们却牢牢记住了它们！"

卖青春

有一天，苏格拉底行走在闹市街上。

有个想入非非的年轻人，冷不丁跑了出来，一把拉住苏格拉底问道：

"喂！智者先生！我想出卖自己的青春，您说，能卖个好价钱吗？"

苏格拉底仔细打量着他说：

"这事你可要想清楚呵！不错，年轻时，青春也许可以卖个好价钱，但任何好价钱，将来是再也买不回青春的！你想过没有？"

年轻人搔搔头走了……

人 心

苏格拉底继续往前走。

路边大树下坐着两个年轻人，在争论"人心"问题。

一个说，人心很大；一个说，人心很小。

一个说，人心太复杂；一个说，人心也单纯。

两人正在争论得面红耳赤的时候，恰巧智者苏格拉底从他们身边走过。于是他俩就拉住智者问：

"人心到底是大还是小，是复杂还是单纯？"

"人心是一个怪物。"苏格拉底想了想说："它大时，大到可以装下整个世界；它小时，连父母和至爱亲朋一句小小的批评也装不进。它复杂时，一千个科学家用最先进的仪器也测不透它的深浅；它单纯时，一个关爱的眼神，一句贴心的话语，就可以把它深深打动！"

名贵的帽子

某富翁戴了顶名贵新潮的帽子去参加宴会。他对同座的智者苏格拉底夸耀说："你别碰我这帽子呵！它是从国外名店高价买来的，戴上它，那是一种绅士身份的象征呢！"

苏格拉底问："有这么神奇吗？那我倒要开开眼界！"

富翁高兴地把帽子递给苏格拉底欣赏。

苏格拉底把帽子放在耳边听了听，对富翁说：

"不对呀！帽子对我说，它再名贵，再新潮，猴子戴着，仍然是猴子，狐狸戴着，依然是狐狸呢！"

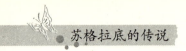
一条恶狗溜进天堂侧门

有个恶棍不知为什么走了好运，突然成了暴发户。他洋洋得意地对智慧天使苏格拉底说："天使啊！您看，我还行吧？！"

苏格拉底瞟了恶棍一眼，忙伸出一根指头，"嘘"了一声：

"闭嘴！恶棍！倘若我的门卫一时疏忽,忘了关好天堂的侧门，让一条恶狗溜了进来，那么，我对它要说的是：在天堂街边，请你千万别摇尾巴。你是迟早要被棍棒撵出去的，却连累我在这里挨骂啊！"

一袋金币

苏格拉底给了穷朋友一袋金币，让他去做点小生意糊口。可半年过去了，穷朋友不仅生意未做起来，还患了整天坐立不安的"神经衰弱症"。

苏格拉底想了想，终于悟出了一个道理，他跑到穷朋友家对他说：

"唉！老伙计哟！财富这东西有点怪呢。对有些人来说，它是创业的种子，但对另一些人来说，它只会是带来惊心、恐惧和头痛的'病菌'，这袋金币，我还是收回去吧！"

某翁二子

某翁，育有二子。老大从小伶牙俐齿，聪明活泼，人见人爱。老二相反，笨嘴拙舌，老实巴交，智商平平。街坊们都夸老大："将来一定前程无量。"

谁知老大自恃聪明，从小就想做大老板，干大事业，希望一步登天。小事不想做，小店不愿开，小企业聘请他做白领，他不屑一顾。总认为"天生我才必有用"，命运女神，会双手给他送来红运，天天等着"乘风破浪会有时"的那一天。于是，高不成，低不就，年复一年，蹉跎岁月，到了50多岁，仍然一事无成。

老二呢，他从小就知道自己笨，时时叮嘱自己要"笨鸟先飞"，虚心向别人求教。凡从书上看到的，听别人说出的好道理、好办法，都一条条去实行。他放得下身段，抹得下面子，工作不挑贵贱，不计利多利少，总是从一件件小事做起。结果，他从一副"货郎担"起家，做到了大超市的老板，不到四十岁，就事业有成。

老大不服气，就去质向上帝的天使苏格拉底，诉说不平。

苏格拉底耐心开导他说："可怜的迷途羔羊，这叫'聪明误人'！"

老大惊疑地问："聪明难道会误人么？"

　　"会的，我的孩子！"苏格拉底严肃地说，"聪明，有'大聪明'和'小聪明'、'真聪明'和'伪聪明'之分。凡是有'大聪明'的人，首先能认清自己所处的'形势'和地位，明白自己的'强项'和'弱项'。总是虚怀若谷，'见贤思齐''尊贤效能'，容人、恕人，敬人、爱人，听得进别人不同的意见和指导、批评。不好高骛远，不贪大求洋，踏踏实实从自己干得成的小事做起，一步一步地前行。哪怕只读一本书，却能把书中每一个'道理'，拿来指导自己的言行。中国有个宰相，能留下'半部《论语》治天下'的美名……你要知道，命运女神最宠爱的就是这种能'知行合一'会实干的人。故此可称为'真聪明'。"

　　老大问："什么是'小聪明''伪聪明'呢？"

　　苏格拉底眯着眼，看了看他说："只有'小聪明'的人，总是处处认为自己'聪明过人'，超人一等，夸夸其谈，不会做人。只看到自己一星半点的'强项'，并不明白自己究竟几两几斤？他总是看张某无才，谈李某太笨，嫌王某太土，厌赵某俗气恶心。虽读书万卷，却不想将前贤的箴言牢记、实行。只用来'武装'嘴巴，不用来充实升华自己的灵魂。常常是理想辉煌，幻想美妙，却都如'空中楼阁'，无一点可主动操作、实行的基础和价值。在现实中，即使碰到了'南墙'，也不知回头总结教训，总是责怪上帝没给他好运。这种人虽然能说会道，看似'聪明'，其实乃'大愚蠢'，'伪聪明'也。"

　　苏格拉底拍拍老大，语重心长地说："我的可怜的孩子！你要牢记呵：'大聪明'可助你成功，'小聪明'却往往误人一生！"

被钓到桶里的鱼

几条大鱼被钓到了桶里。

它们急得蹦跳，奋力挣扎，互相撞头咬尾，一个个埋怨、气愤不已。有的怨饵太香，有的怪钩太利，有的怨旁边的鱼为何不早点提醒，有的怪自己的环境太偏僻，缺了点警惕，有的还怨钓鱼者动作隐蔽，太不讲情义……

这时，苏格拉底正从桶旁经过，听到这些"鱼们"在吵吵嚷嚷，便敲了敲木桶，气愤地骂道：

"你们怨这怨那，为什么就不怨自己长了一张贪吃的嘴呢？"

人生之"苦"

有位老人来找苏格拉底诉苦。

"尊敬的智者呵！"他沉痛地诉说："我这一生吃够了苦头。青年时为理想奋斗吃苦；壮年时为事业拼搏吃苦；老年时又为健康养生吃苦……唉！苦，苦，苦！就像影子一样，伴随着我的一生哟！"

"老爷子啊，那我要向您祝贺了！"苏格拉底忙安慰他说："据我所知，在人生路上，吃过苦的人，可能会采到'卓越'；而从没有尝过苦的人，肯定只能摘到'平庸'呢！"

别忘了你也冷过

苏格拉底有个朋友，原来很穷，后来碰到了好机遇，通过努力变成了富翁。

一天，富翁请智者喝茶。苏格拉底对富翁说："我正在为穷人筹集一笔慈善资金。老朋友，你可要支持一点啊！"

富翁听说要他捐钱，便推托说："哎呀，真不凑巧，我们公司近来接连亏损。等一两年吧，等我们业务好了再说吧！"

苏格拉底瞟了富翁一眼，便捧起桌上一把茶壶，放在耳边细听。

富翁说："喝茶！喝茶！你捧起茶壶听什么？"

苏格拉底说："我在听茶壶跟里面的茶水说话呢！"

富翁惊讶地问："您开玩笑吧？！茶壶和茶水也能说话么？它们说了些什么？"

苏格拉底一本正经地说："茶壶对茶水讲，假如你现在是一壶热水，千万别忘记你曾经也冷过啊！"

"白发"的心里话

某翁有一天去理发店染发，路上碰到了苏格拉底，便邀他一起去。

苏格拉底耸耸肩膀，指指自己头上的白发，诡秘地笑笑说：

"老哥！这些白发们不让我染呢！"

某翁说："开什么玩笑？白发怎么会不让你染呢？"

"它们讲的可是心里话哟！"苏格拉底认真地说："白发们意味深长地告诉我：是生活用岁月的风霜，奋斗的泪滴，把它一根根漂白。请我别为了安慰自己，再把它一遍遍染黑。要知道，每根白发里，都藏有人生的亮色！"

蝴蝶与毛虫

苏格拉底与学者老友克里蒙在山坡上散步相遇。

苏格拉底问克里蒙："你知道蝴蝶是什么变的吗？"

"当然是毛毛虫呗！"克里蒙说。

苏格拉底笑了笑说："可是昨天我在这里碰到一只蝴蝶。我说它是一条毛毛虫，它狠狠地瞪了我一眼；我说它是一只蝴蝶，它却高兴得连声说谢谢呢！"

白痴的嘲笑

有一天，苏格拉底在街上碰到一个白痴。

白痴鼓起眼珠，对苏格拉底看了好一会。然后眨眨眼睛，嘲笑地对他说：

"别人不都称你是智者么？可你什么时候能摘到天上的星星呢？"

苏格拉底平静地回答，"先生！虽然白痴知道智者无法摘到星星，但这并不妨碍智者为此献出自己的智慧和心血，也不妨碍人们去区分智者与白痴呵！你说对么？"

苏格拉底的药方

　　一位懒惰者，感到头脑昏昏欲睡。他敲开苏格拉底的门说："尊敬的智者，我的脑袋整天昏沉沉的，请您给我开个药方好吗？"

　　"好！"苏格拉底拿出一张纸，写了几个字：多思！多思！再加'多思'。

　　懒惰者惊讶地问："那脑袋不会更疼么？"

　　苏格拉底拍拍他说："不！哪怕是最劣质的钢刀，不用才会生锈呀！"

有志者与无志者

有一天，"志气"与"困难"一起去找苏格拉底谈心。

"困难"问苏格拉底：

"智者老哥！您是怎么识别出'有志者'与'无志者'的呵？"

"这容易呵！老弟！"苏格拉底有把握地说，"只要看看他在你老弟面前的表现就行啦！"

"这么容易？"困难有点惊讶。

苏格拉底笑笑说："某人倘若有天与你狭路相逢，如果他能咬紧牙关，千方百计地从你头上跨过去，他一定是个有志的好汉。倘若他一遇到你就两腿发软，唉声叹气，举起白旗，这一定是个没志气的孬种！"

苏格拉底谈"路"

有一天，苏格拉底同弟子斐多、克利托、柏拉图、西来亚斯等人，一起研讨做人与做学问的事。他要求大家把这两件事与"路"联系起来讨论。

斐多说："做人要坦率。坦率是人生一条最简捷的路。"

克利托说："做人要诚实。诚实是人生一条最安全的路。"

西来亚斯说："做人还要谦虚。谦虚是人生一条最宽广的路。"

柏拉图说："做人还要懂得历史，知道以史为鉴。因为历史是一条最曲折的路。"

苏格拉底扫了大家一眼，意味深长地问：

"那你们准备选择一条什么样的路呢？"

克利托说："老师，我们当然要选择一条比较平坦而又容易走的路呵！"

苏格拉底拍拍克利托，对弟子们说："孩子们呵！你们可以选择一条没有荆棘和坎坷的路。但据我所知，在这条路上，你们绝对看不到人生的奇景，也绝不会采到人生甜美的果实！"

苏格拉底看了看每一个弟子，又深情地说：

"你们每个人脚下都有一条路。用心走的人，越走越宽；东张西望的人，越走越曲。于是有人埋怨路。路说，你忘啦？你们曾经是在同一个起点开步！作为人，最难的、也是最重要的，就是要认清和一步步走好自己的路。倘若走错了一步，你必将付出巨额的代价！"

答"自由女神"

苏格拉底陪中国的孔子到美国旅游。

"自由女神"得意地站在纽约的自由岛上，她对来访的孔子和苏格拉底说：

"喂！两位老先生！你们从哪儿来呀？快仰头欣赏一下我美丽的英姿吧！看，我一直高高地站在这里，目光炯炯地俯视着整个世界呢！"

苏格拉底和孔子瞥了她一眼，一同谦和地笑笑，"小姑娘！我们确实与你不同。我们一直是用学者的探索，谦虚地仰望，微笑地欣赏，来看待这个大家共同创造和居住的世界的……"

"自由女神"立刻语塞……

❧ 法官的回答 ❧

据说，苏格拉底曾经当过几天法官的助手。

某次，有个犯了死罪的狡猾罪犯被判了死刑。在押赴刑场执行死刑之前，法官出于人道主义考虑，问他有什么最后要求。

这个罪犯一本正经地说："法官先生！请您给我一件防弹衣好吗？！"

法官听了，气得一时说不出话来。

苏格拉底在一旁笑了笑，一本正经地代法官回答道："很遗憾，先生，假如你这一生，早点给自己做件防弹衣就好了！"

乞丐的质问

有一天，苏格拉底在街角碰到一个乞丐。

"喂！伙计！"那个乞丐一把拉住智者苏格拉底问，"我们都是上帝创造的人，为什么你成了智者，我却成了乞丐？"

"亲爱的先生！"苏格拉底望了望那个乞丐，微微一笑，认真地说，"上帝可以决定你是人还是别的生物。但，最后你能成为什么，上帝还要检测和考验你的智慧，你的努力，以及你的品德与奉献。懂么？"

傻子的基因

有两兄弟，一个是傻子，一个特聪明。

傻子抱怨上帝不公，气愤地去质问智慧天使苏格拉底：

"尊敬的天使呵，上帝当年是不是打瞌睡去了？为什么让爸爸妈妈给我的遗传基因这样差呵！"

苏格拉底耸耸肩膀说："孩子！是你自己在妈妈肚里打瞌睡了吧？！这事，最好去问问你那个聪明的兄弟呵！"

"聪明人"忙惊讶地对弟弟解释说："兄弟，这事怎么能怪上帝和爸爸妈妈呢？你忘啦？我俩是在同一刻生出来的'双胞胎'呵！"

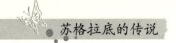

能人西里奇

一、西里奇捕鸟

某地有个富翁，喜欢鸟，也喜欢能人。他的门下几乎网罗了天下所有的奇才怪杰。他让这些能人在他的控制下发挥自己的所长，为他捕捉珍禽异兽。

苏格拉底听说如今世人都喜欢机器人，他经过几年研究，也制造了一个智能机器人，取名叫西里奇。这个机器人是个捉鸟冠军，什么奇奇怪怪的鸟儿，不管藏在什么地方，他都有办法捉到。

这事被富翁知道了，便派人找来智者苏格拉底，硬要出高价买下这个机器人。苏格拉底当然拗不过富翁，便只好把西里奇转让给他。

富翁怕西里奇不听从自己的指挥，叫人制造了一根神奇的合金锁链，拴在这机器人的腰上，又挂上一把特制的电子指纹锁，只有富翁的指纹，才能把锁打开。

那根神奇的合金锁链，还是灵敏的电子传感器，富翁想叫西里奇做什么，只要按一按锁链上的特制电钮，机器人便可按照他的意思去行动。

有了这些最先进、最保险的装置，能人西里奇便可在他的控制下俯首听命。对于这些发明，富翁十分满意。

有一天，东山飞来了一只奇鸟，许多捕鸟者都捉不到它。于是富翁指派捕鸟冠军西里奇出马。可西里奇一连去了几天，也是双手空空而回。

富翁大怒，一掌把西里奇推倒在地，又叫人把智者苏格拉底找来，指着他的鼻子骂道："还说是智者呢！你这江湖骗子！这西里奇算什么能人？什么捕鸟冠军？我放它出去三天，它连根鸟毛也没抓到。这能叫能人吗？这能叫冠军吗？"

苏格拉底说："先生息怒！我的机器人一般是不会出毛病的。你把它叫来，让我检查检查。"富翁把苏格拉底带到机器人西里奇的旁边。智者叫富翁打开西里奇腰上的锁链，再放它上山去，只一个小时，西里奇就把那只奇鸟抓回来了。

富翁惊讶地问："为什么到了你的手里，西里奇就成了冠军和能人了呢？"

苏格拉底指了指西里奇腰上那根合金锁链说："先生，问题就出在这里！"

二、西里奇想帮太太生孩子

西里奇抓住奇鸟之后，名声大噪，方圆数百里都知道它是个才华出众、技艺超群的万能机器人，具有特殊的素质。

赞扬声多了，西里奇也就以为天下的事它都能干了。

有一天，它听到富翁说："谁要是能给我减减肥，我就给他一大笔奖赏。"

西里奇拍拍胸脯说："这个，我准能干！"

于是，西里奇让富翁躺在木床上，左一按摩，右一揉搓，痛得富翁"哇哇"大叫。

富翁连连摇头说："不，不，这减肥的活你干不了，还是让医生来干吧！"

又有一天，太太悄悄地对富翁说："我多么想有一个孩子啊！要是有谁能给我们生个胖小子，我一定要好好感谢她！"

西里奇站在富翁身边听到了，又对太太拍拍胸脯说："太太啊，你别苦恼，这生孩子的事儿我包了！"

太太听了，吓得连连摇手说："不，不，这活儿你也干不了，还是让我们人类自己来处理吧！"

能人西里奇想不通，便跑去问智者苏格拉底："智者先生，你不是叫我作'万能机器人'么？怎么减肥、生孩子这类事情，老爷和太太却不让我十呢？"

苏格拉底眨眨眼睛说："你应当明白，能人也有无能的时候，不是样样事情都能干的。"

三、西里奇炒菜的风波

有一次，富翁请客，命令西里奇到厨房里去炒菜。

西里奇炒菜的手艺是全国第一流的，曾获得世界烹调协会颁发的"天下名厨"的金牌。

这次，西里奇很想施展一下自己的才能，亮一亮自己的拿手好戏，准备给大家烹炸一条"摆尾龙鱼"。

西里奇麻利地把鱼剖开洗净，又烧了一锅滚油，正准备动手烹炸。

"慢！"忽然人丛里跑出来一位医生，问，"你这用的是什么油？会不会导致老爷动脉硬化？应该用橄榄油烹制。"

说着，医生给它输入一个"指令"。

西里奇换了橄榄油。鱼刚下锅，又一位卫生官员跑过来叫："慢！你这鱼经过检疫了吗？应当拿出来化验一下！"

说着，卫生官员又给它输入"检疫指令"。

西里奇将鱼捞出，重新检疫，再投入锅内烹制，才放了一点盐，一位营养学家忙跑过来说："放盐过多，会破坏维生素，于人体不利，应改用糖醋为佳。"

于是，营养学家也输入一个"指令"。

西里奇改放糖醋，再撒味精。这时，一位湖南客人跑出来说："辣椒是个好东西，无辣等于无味。"

于是，湖南客人又输入一个"指令"。

西里奇只好加放辣椒。接着又有广东客人、江浙客人、四川客人......各从自己的口味出发，一一加输指令。

结果，西里奇烹制这条鱼，比平时多用了三倍时间，鱼早僵了，自然不能摆尾，而且酸、咸、苦、辣、甜五味俱全，连最高级的美食家也品不出其中的味道，一致摇头不迭。

艺术家尝了一口，首先批评说："一锅黑糊糊！色、香、味极不和谐，何谓名手？徒有虚名罢了！"

烹调家向西里奇质问："此种烹鱼法，源于何家？师承哪派？是否有据可查？"

西里奇听了，无以应对，呆在那里一动也不动了。

于是，众宾客纷纷对富翁说："什么'天下名厨'，我看连我的手艺都不如。老爷应当叫人查查它的学历和文凭，重新考察定级，切勿为虚名所误！"

富翁把大家的意见转告智者。苏格拉底听了，苦笑着，无奈地摇摇头，只好把西里奇带了回去。

奇妙的"微笑"和"哭泣"

苏格拉底去参加一个老友的葬礼，追悼仪式上，碰到了老友的灵魂。他拉拉灵魂的手，感叹地说：

"唉！老朋友，您注意了没有？人生的'微笑'和'哭泣'都很奇妙呢！"

灵魂笑着拍拍他说："我们的大哲学家哟，您又有什么新发现了！？"

苏格拉底也拍拍老友的灵魂："你想想看，你的躯壳出生时，所有的人都在对你微笑，唯有你在哭泣；而你去世时，大家都在悲伤地哭泣，唯有你，却面带微笑呵！"

灵魂听了，呵呵地大笑起来……

国王的"拥有"

一位国王向苏格拉底夸耀说：

"你看我多么富有：我拥有至高无上的权利，拥有全国辽阔的土地和众多的臣民，拥有数不尽的财富和珠宝，还有成百上千的美女和她们奉献的爱情。"

"陛下，请恕我直言，这些您都没有真正拥有过。"苏格拉底笑了笑，说："您真正拥有的，不过是您这一生短暂的'时间'而已。倘若您看不到这一点，那么，早晚连这点时间也会'缩水'的！"

三个乞丐

有一天，苏格拉底与弟子克利托路过一个市场，看到三个乞丐扭在一起，边骂边打。

苏格拉底和克利托忙把他们扯开。

苏格拉底以为他们是在争抢食物，便把刚买的面包分给他们。乞丐们认出他是苏格拉底以后，推开他的手，并不要他的面包。三人一齐拉住苏格拉底，要他评评理：他们三人中，到底谁乞讨到的东西多，谁是最有能耐的乞讨者……

平息这场纠纷以后，克利托在心里暗暗好笑，悄悄问老师苏格拉底：

"太不可理解了！老师！分出这个高低，对他们三个乞丐有意义吗？"

苏格拉底望望天空，深沉地说："上帝造人的时候，可能打了一会儿瞌睡，或者东张西望，心不在焉，弄得人的人格有很多弱点。"

克利托惊讶地问："有这回事吗？"

苏格拉底耸耸肩膀，笑了笑说："你要记住：人，大都会扩大别人的缺陷，来证明自己的优越和正确。极少有人会在心里真诚地认输的。即使他是一个乞丐，他也会觉得自己是乞丐中的佼佼者。如果他失败，那全都是上帝的错！"

国王的"善行"

有一天，国王阿克尔与苏格拉底一起散步，国王忽然扭头问苏格拉底：

"我，作为一个国王，最大的善行，是不是要免除天下人的死刑？"

苏格拉底挥一挥手坚定地说：

"不！该杀的你若不杀，那是另一种恶行！"

"尊敬的国王陛下！请您记住：作为一个国家的君王，您若能主持正义，赏罚分明，不派羊类去管理菜园；不派虎狼去主宰羊圈；不命令您的大臣去变猫犬；不想自己活一万年……并能不信口开河，乱发'最高指示'，还能用两只耳朵，听进各种不同的声音，这就是国王最大的'善行'！"

"叮叮先生" 的牢骚

蚊子公寓里住着一位"叮叮先生"，肚子里的牢骚多得骇人。

它坐在屋檐沟边，跷着二郎腿，一边喝着红红的酒，一边嗡嗡地大骂人们不是东西。它埋怨人们太不公正，对它拍打、毒杀还用烟熏。它不过吸了人们一丁点儿鲜血，人们对它却如此凶狠。

叮叮决定马上申请出国，不再做这个国家的公民。

临行前，它去拜访苍蝇，苍蝇对它极表同情。历数自己受到不公正的待遇，决定与叮叮结伴同行。

半路上，遇到蜜蜂嘤嘤，正在与智者苏格拉底谈心。它俩连忙向这位智慧天使苏格拉底诉说苦情。并邀请嘤嘤也能同去，在国外一定会幸福十分。

嘤嘤在花朵上摇了摇头，请"叮叮先生"听听天使苏格拉底的声音。

苏格拉底看了看蚊子和苍蝇说："叮叮和苍蝇先生！请恕我直言，你们如果不下决心改变自己的本性，迁到哪里都会是同样的命运！"

兔子告状

一群兔子向上帝告状："仁慈的上帝使者苏格拉底呵！这森林里不应该有虎有狼，您就让我们可怜的兔子，过几天安静日子吧！"

苏格拉底笑了笑，向虎狼吹了口气，虎狼们都呼噜呼噜地睡着了。

兔子们狂欢呵，从此吃了睡，睡了吃，一个个胖得像小猪，有的拄着拐杖，走不动了。它们吃了许多减肥药，都没有效果。于是，兔子们又去向上帝的使者苏格拉底请求帮助。

苏格拉底笑笑，又向虎狼吹了口气。虎狼们立刻醒来了，一个个猛追兔子。兔子们纷纷丢了拐杖，都像"飞毛腿""机灵精"，飞一样地逃命……

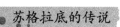

聪明城历险记

苏格拉底受上帝派遣，到各地去巡视。

有一天，他来到一座古怪的大城堡，好奇地走进去看了看。哇！城内到处是机器人，有的在扫地洗街，有的驾驶着古怪的大车在运输货物……来来往往，川流不息。街上的行人很少，偶尔走过一两个人，也是头特大，手脚特短，像个外星人。

苏格拉底在城门口徘徊很久，才碰到一位老者。他问老人："这是什么地方？"老人告诉他："这叫聪明城。城内住的都是绝顶聪明的人。"

智慧天使苏格拉底很喜欢聪明人，便提出要见见他们的市长，好好访问一下这座城市。

老头耸耸肩膀，为难地说："我们城里没有选举出的市长，只有捻阄协管市长。"

苏格拉底感到奇怪，忙问："这是为什么呢？"

老人说："你想想看，这里人人绝顶聪明，市长又是人人想当的美差。所以，参选的人个个雄才大略，奇谋迭出，能说会道，口若悬河，竞选会就是一场残酷的内斗会。前后选了三年零六个月，市长还是没选出来。最后只好'捻阄'决定，才捻出个'捻阄协管市长'。还商定，每三个月捻一次阄，捻阄市长数月换一次。

你说这城市怎么能管理得好？"

苏格拉底"呵"了一声，决定更要见一见这个"捻阄市长"。老头便领他到"捻阄办公室"。幸好这市长还比较和蔼。苏格拉底提出，先参观一下幼儿园和小学，看看聪明城是怎样培养下一代的。捻阄市长摇摇头说：该城没有小学和幼儿园。

"那是为什么？"苏格拉底很惊讶地问："可以谈谈原因吗？"

捻阄市长摊摊手说："你想想看，这里人人绝顶聪明，都去当 CEO 和金领去了，谁还愿意来当没地位，又烦人的'孩子王'呵？招聘不到人呀！工人、农民，清洁工……更是没人愿来了。这些脏活累活，现今全靠机器人来干呢！"

苏格拉底皱着眉点点头说："这也是条出路呵！"

捻阄市长叹口气说："唉，你不知道，机器人也要靠人去操纵呵！我们这里的机器人，都是每个聪明人自己研制的。他们为了战胜别人，都各出奇招，在自己机器人上加了各种密码，互相封锁，自己操纵。所以，机器人之间经常互相斗狠、斗殴、罢工。害得全城交通堵塞，垃圾遍地，粪水横流，功能瘫痪……唉，头痛呵！头痛呵！"

苏格拉底见市长摇头不迭，便说："那就请你先带我去会会你们的科学家、艺术家，参观一下图书馆吧！"

"行！"这回捻阄市长答得很响亮，便带苏格拉底乘高速电梯下到地下 182 层。

苏格拉底问："你们为什么把图书馆建到这么深的地下？"

"出书的人多呵！"捻阄市长苦笑着说："地面上的藏书，已压垮了 48 座书库，不得已才想出这个办法！"

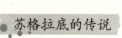

这时，正在此处开会的人，听说是大智者苏格拉底来了，一下子拥上来七八十个人，他们都是顶尖级的科学家和艺术家，每人都送上两三本签名新著。苏格拉底抱都抱不动了。

签名书"哗啦啦"地滑落下来，把苏格拉底压倒在地上。后面还有好几百人，将自己新出版的砖头厚的著作抛递过来。幸好市长忙命机器人挡住，把苏格拉底从书堆中拉了出来，带他迅速离开此地，升到地面大厅。苏格拉底喘着气问："为什么他们的著述这么多呵？"

市长笑笑说："这里人人绝顶聪明，个个才高八斗，人人皆可为学者。都是科学家和作家、艺术家呵！他们都想名扬四海，出人头地。于是科学院和大学都人满为患，挤得一塌糊涂。他们为争名夺利，互相封锁、掣肘。科研经费也因僧多粥少无法分配，科学研究几乎无法进行。唉！而且出书得用纸，造纸要割草伐树，全城所有树木花草，都砍来造纸了。先生现在看到的那些花木，全是用塑胶人工做的。它们不能进行光合作用，不会制造新鲜氧气，唉！全市人都在为此头痛呢！"

苏格拉底经过刚才一"压"一"吓"，这里又氧气稀缺，不禁呼吸困难，气喘得厉害。加上肚内饥饿，突发低血糖病，浑身直冒冷汗，头晕眼花。他忙指指肚皮，让捻阖市长赶快带他去找个吃饭的店铺。

捻阖市长忙拨手机联系了一阵，向苏格拉底道歉说："先生，真对不起，因为我们这里人人绝顶聪明，招不到厨师和保姆，仅有的几家饭店，也只能用机器人烧饭。很不凑巧，刚才有人按错了指令，机器人互相打架，饭店已经关门。"

　　这时，苏格拉底已晕倒在地上。他想起医生叫他带在身边常备的富糖饼干，忙打开背袋寻找，谁知已不翼而飞，刚才被人偷了。

　　苏格拉底忙求市长报警。公安局长到是很快赶到，可他摊开双手，摇晃着脑袋说："尊敬的市长先生！这里人人绝顶聪明，道高一尺，魔高一丈，罪犯鬼点子很多。许多大案要案，我们都无法侦破。这个小小的饼干案件，没个一年两年是破不了的。这位先生又是急症，如何等得？我建议，市长先生！您还是赶快派直升机，把他送出聪明城急救吧！再拖延，他就没命了！"

　　捻阄市长只好接受这位老公安的意见，忙用快速小飞机，将苏格拉底送出城去。

　　苏格拉底被救醒后，想起这次历险还有点后怕。他望着天花板喃喃地说："唉！倘若人人绝顶聪明，而无相应的道德、法纪和社会分工，那也会是一场灾难呵！"

克隆羊

科学家"克隆"了一只小羊，长得非常像它漂亮的羊妈妈。

克隆羊跑到小河边，左照右照，看着自己美丽的身影，骄傲地对小伙伴们说：

"喂！你们快来看看，我多么像我漂亮的妈妈！哼！将来，我也准会像我妈妈那样聪明能干！"

这时，天使苏格拉底正从小河边经过，听了这话，便皱了皱眉头，拍拍小克隆羊说：

"孩子，你虽然有与你妈相似的形体，但是，请记住：智慧和能干，是克隆不出来的呵！"

马谡告诫后人

有一天，苏格拉底给弟子们讲学。讲完后，他环视了学生一圈，忽然问弟子："我刚才说的这个道理该怎么运用啊？"

弟子们面面相觑，陷入了沉思。

"那，我再讲个故事给你们听吧，希望你们有所领悟！"苏格拉底说：

"中国的'三国'时候，蜀国有个大将叫马谡。他熟读兵书，自认为文武全才。力请丞诸葛亮让他担当守街亭的重任。结果因为他照搬兵书，不知因时、因地、因人活用，被来犯的敌人司马懿打得大败，丢失了街亭要塞。诸葛武侯为严明军纪，挥泪将他推出斩首。

"临刑前诸葛亮问：'马谡，你还有什么话要告诉子孙吗？'

"马谡仰天长叹了一声，大声说：丞相，请您转告后人：'学到一点知识不易，用对一点知识更难啊！'"

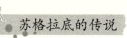
孩子的哀求

苏格拉底的太太是个脾气暴躁的女人。大家在背后都叫她"恶婆娘"。她生了一个脾气不好，又有点蠢的傻小子。有一天，傻小子向苏格拉底哀求说：

"爸爸哟，人人都夸您是个聪明能干脾气又好的智者，为什么我却这么傻呢？您为何不分一丁点儿聪明能干给我呀？"

苏格拉底说："我的孩子！你妈和我，可以给你一点儿暴躁和聪明的基因，但聪明的基因，不一定能转化为智慧。我再聪明，也很难把我在生活中获得的智慧遗传给你呵；我再能干，也只能帮你擦干汗水和眼泪。却没法擦去你的愚蠢和你在人生路上沾的污泥。这些，都要靠你自己的去历练、去获取呀！"

苏格拉底的祝福

苏格拉底的太太又生了一个小孩。

太太高兴地对他说："孩子他爸，你看这胖小子多可爱，你应该给他祝福啊！"

苏格拉底把孩子抱在怀里拍了拍，大声说：

"孩子啊，从你现在的第一声哭叫起，就是在'现场直播'呵！我的好孩子，假如你想把自己的人生'演'得精彩一点儿，那你从此刻起，就要对你的一举手一投足，好好思索，好好去做啊！"

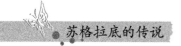

❧ "悍妻"的闺蜜 ❧

苏格拉底的太太脾气十分暴躁，蛮不讲理。背地里，文明点的人，叫她"悍妻"，粗俗点的人都叫她"恶妇"。

有一次，苏格拉底的好友到他家来做客，这个悍妻当着那位朋友的面，居然要苏格拉底帮她倒洗脚水。苏格拉底觉得很扫面子，执意不肯。于是，妻子跟他大吵大闹。苏格拉底为避免争吵，就和他的朋友一起下楼去了。苏格拉底刚走出楼门口时，他妻子突然将一盆洗脚水泼到了他的身上，场面十分尴尬。

苏格拉底心里当然非常恼怒。但是，这位智者既有修养，又很机敏。他大度地调侃说："朋友，你看，我早就知道，打雷过后是一定会下雨的。哈哈！猜对了吧！？"妻子和朋友听了，都哈哈大笑起来。苏格拉底用一句轻松的笑话化解了窘境，这名"恶妻"也从此有所收敛了。

悍妻有位闺蜜叫荷西，她丈夫是个赌徒兼酒鬼。成天不是在外面赌博，就是在家里喝酒骂人。荷西想治一治他，可又害怕不敢。那天，她听悍妻讲了"泼水事件"以后，胆子大起来了。

她怒冲冲地回到家里，看见赌徒丈夫，正坐在桌边用大碗喝酒。便跑上前去，猛喝一声："给我把碗放下！"

赌徒被这突然的喊声怔住了，惊诧地看着这个反常的女人。

女人见丈夫怔住不动，以为她的唬吓产生了效果。于是冲过去抢过酒碗，往赌徒脸上一泼。赌徒见女人竟敢把他"心肝宝贝"似的酒泼了他一身，顿时燃起一腔怒火，一把揪住女人的头发，挥起拳头猛打。直打得女人鼻青眼肿，大呼救命……

事后，荷西向悍妻讲起此事，还心有余悸地问："为什么你可以对你的丈夫泼洗脚水，我却不能向我的丈夫泼酒呢？"

悍妻笑说："傻女人！我的丈夫是大智者和哲学家，你的丈夫是赌徒和酒鬼，怎么能用同一种方法去对付呢？"

倘若你抓到了差牌

有一天，苏格拉底到俱乐部去，看到几个小伙子在打牌，有个年轻人抓了一手差牌，气得把牌往桌上一摊，气咻咻地站了起来说："这样的牌还打什么！我认输了！"

苏格拉底忙把那牌捡起来，往年轻人的手里一塞，拍拍他的肩膀说："拿着！拿着！怎么还没打就认输呢？"

年轻人惊异地望着苏格拉底问："那你说这牌怎么打？"

"小伙子啊！"苏格拉底说："在人生的俱乐部里，上帝有时总会发给你一副差牌。这时，你千万不要气馁，不要认输。要冷静下来，用心布局，精心谋划，认真出好你手里的每一张牌。这样，说不定就可以扭转牌局，让你有一个赢家的满意结局。要记住：上帝说，人生不全在于你手里掌握了一手好牌，关键在于你把手中的牌，一张一张地精心出好！"

小伙子听从了苏格拉底的劝说，果然把这局牌打赢了。

老虎与老狗

某大山发生地震，一个虎洞被震垮了。老虎夫妇和它的小宝贝们都被压死了，只剩下一只未满月的虎仔，被老猎人抱下山去，让母狗给这只虎仔喂奶。

后来，虎仔长成了一只英俊的老虎，而母狗却老得走不动了。

有一天，虎仔把老母狗叼走了。

过了几个月，老猎人在深山里发现了这只老虎，正在石洞口晒太阳，旁边躺着的正是他家的老母狗。老虎和老母狗亲热地嬉戏，还叼来野兔给老母狗吃，亲热得像一对母子。

老猎人很奇怪，把这事讲给智者苏格拉底听。

苏格拉底感慨地说："铭心刻骨的友谊，往往诞生在共同经历的苦难与浩劫之中，它会使彼此深深感受到对方真诚、无私和火热的爱，是自己可以依靠、信赖的唯一。那么，哪怕是老虎和狗，也会亲如母子呢！"

死在金山上

有一天，苏格拉底参加了一个富豪的葬礼。

这位富翁躺在用金子做的棺材中，四周堆满了珠宝。

送葬的人都羡慕不已。有人对苏格拉底说："你看那位富翁，躺在棺材里都在笑啊！"

苏格拉底耸耸肩膀说："他笑什么？死在金山上，难道会比死在泥巴里幸福多少么？"

这时，另一位年轻人指着躺在棺材里笑的富翁，感叹地说："唉，难怪有个诗人讲：'有的人活着，他已经死了；有的人死了，他还活着'呵！"

智者苏格拉底听了，摇摇头说："在这个世界上，有好些死了的人，其实不一定都活过呢！"

✦ 忏悔的忏悔 ✦

　　有个女人每天都到教堂去找天使苏格拉底忏悔。有时昨天忏悔了的事，今天又去忏悔。

　　苏格拉底问："这件事你昨天才忏悔了，为什么今天又做错了呢？"

　　女人说："我也不知道。我正想来问您呢！"

　　苏格拉底敲敲经案，大声地说：

　　"迷途的羔羊！我已经给你问了上帝了。上帝说，你不要等做错了事才来忏悔，在做事之前，就要想要到忏悔！同一件事，第一次做错了来忏悔，上帝会原惊你，甚至表扬你；第二次来忏悔，上帝就不高兴了；第三次再来忏悔，上帝就生气了；如果第四次还来忏悔同一件事，上帝会严厉地惩罚你！——明白了吧？可怜的羔羊！"

每个人都要活好"三天"

某年轻信徒问上帝天使苏格拉底："仁慈的智慧天使呀！我应该好好活多久啊？"

苏格拉底伸出三根指头，在他眼前晃了晃。

年轻人问："是三十年么？"

苏格垃底摇摇头。

"那就是三年吧？"年轻人说。

苏格拉底又摇了摇头。

"天啊！"年轻信徒惊讶地问："难道是三个月么？"

苏格拉底还是摇摇头。

年轻人尖叫起来："莫非是三天？"

这次，苏格拉底点了点头。

年轻人大哭："尊敬的天使啊！我今年才三十岁呀！上有老，下有小，他们都靠我供养，我怎么只能有三天呢？"

苏格拉底说："你哭什么？每个人都要活好三天：昨天，今天，明天。所以你们不要忘记昨天，要紧紧抓住今天，好好规划明天，生活才能快乐，生命才会益寿延年。"

石 人

草丛中有一条花蛇，躺在古坟前竖的石人脚边。

深夜，草叶结了霜，花蛇爬到石人的怀里去取暖，结果冻得浑身僵硬。

花蛇赶紧从石人身上溜下来，去问智慧天使苏格拉底：

"为什么世上有种人比冰还凉呵？"

苏格拉底瞥了石人一眼，对花蛇说："蛇先生，你要记住！像人的人，不一定就是人呵！"

兔子的回答

老灰狼追捕一只小兔子，眼看追不上了，便边追边喊：

"兔老弟呵，你别跑嘛，我们都是动物，应当相亲相爱。如果老记住别人的伤害，那是弱者的表现呀！"

小兔子边跑边回答说："狼先生，那我宁愿做那个弱者！苏格拉底天使告诉我：当大灰狼宣扬要相亲相爱的时候，我们最好

离它再远一点呢！"

小兔子一溜烟似的跑得没了影儿……

老板和店员儿子的换位

有个老板开了一家书店，赚了很多钱。他的儿子从此有个习惯，每晚都要到酒吧宾馆去，约朋友打牌、喝酒、猜拳，直至深夜。一年365天，从不间断。

店里有个老店员也有个儿子，他每晚都要带儿子到店里睡觉值班。一年365天，也从不间断。从此，他儿子也有了个习惯，睡觉前总要看一到两个钟头的书，常常在捧着书本阅读中甜蜜地睡去。

十年之后，老板死了，老店员也死了。不久，老店员的儿子成为书店老板，老板的儿子变成了书店的帮工。有时，他连帮工的工作也找不到，只好在街上游荡。

老板的儿子想不通，便跑去问上帝的使者苏格拉底：

"老人家，上帝为什么要把我们两人换个位置啊？我们的人生，为什么会有这么大的差别和变化呀？"

苏格拉底笑笑说："孩子，你冤枉上帝啦！这位置是你们自己换的呢。世上的人大都不明白，人与人的差别，有时就产生在那点业余时间。你如何利用自己的业余时间，往往会决定你一生会怎样度过！懂么？"

苏格拉底与接班人

据说，苏格拉底曾在某公司当了一段时间总经理，为公司做出了巨大的成绩。后来，他要退休了，选了一个年轻弟子来接班。

一天，年轻的接班人向他请教成功的秘诀。

老经理苏格拉底说："我告诉你，成功的关键在于五个字：正确的判断。"

年轻弟子问："如何才能做出正确的判断呢？"

苏格拉底站起来说："这要靠经验。有了经验，你就可以做出正确的判断了。"

年轻弟子又问："老师啊，那要如何才能获得经验呢？"

老经理苏格拉底拍拍他的肩膀说："你要时刻记住实践、反省与学习这六个字，通过不断实践反省与学习、总结自己和别人的错误判断！"

麻雀给老鹰写信

天上飞着一只老鹰，地上的麻雀们看到了议论纷纷。大家出于关心一致决定，要给老鹰写信提醒提醒。

麻雀们正在写着，天使苏格拉底恰好路过，大家便请他看了信的全文。麻雀们写道：

"可爱的老鹰先生！

"你的做法很危险也太不高明！自古说'枪打出头鸟'，可你就没有把这名言听进。你要飞那么高干吗？在草丛里不一样有吃有喝有名？飞高了别人会嫉妒你，猎人的枪口也会把你瞄准。在草蓬间却不惹人注目，生活幸福而且安稳！

"天空太高有风有雨，古人说：'天有不测风云'。要是被风雨折断了翅膀怎么办？不如在草丛里平平安安度过一生！

"老鹰呵，已经有人在背后议论：说你的个人主义应当狠狠批评。你为何不向我们麻雀学习？你看我们多么合群！

"还有人说你爱出风头，狂妄得很，想到天上去摘取月亮和星星。这些议论多么可怕哟，若不注意你就会栽进泥坑。

"我们知道你为高飞远征付出很多，到头来却只收获到嫉妒和怨恨。我们麻雀没有你那种奢望，所以蹦蹦跳跳快活得很。

"'知足常乐'是句古训，我们劝你还是到麻雀中来生存。

有几条小虫几粒谷子就足够了，不是一样度过这短暂的一生？"

据说，苏格拉底天使看完了信，麻雀们请他评论评论。

苏格拉底两句评语令麻雀们开始警醒：

"麻雀先生！我明白了：原来是不同的理想、努力和生活态度，造就了天底下的麻雀和雄鹰！"

斯芬克斯的沉思

有一天，苏格拉底路过埃及胡夫金字塔，看到狮身人面像在默默地沉思，便喊道：

"喂，斯芬克斯！你在想什么？"

"我在思考一只鹰与一只蜗牛的故事。"狮身人面像回答。

苏格拉底惊讶地问："啊！雄鹰能与小小的蜗牛有关系吗？"

"有呀！"于是，狮身人面像便讲了他早些时候亲眼见到的奇事：

一只老鹰在金字塔下歇脚，忽然发现一只小小的蜗牛在石壁上奋力地往上爬。

老鹰问："喂，小蜗牛！你想干什么？"

"我想到金字塔尖上去看看风景啊！"小蜗牛一边爬一边回答。

老鹰哈哈大笑："你知道这金字塔有多高吗？有137米呢！你，

一只小小的蜗牛能够爬上去？"

蜗牛望了望塔尖说："试试看吧！不敢试，怎么知道呢？"

老鹰不想再理它，拍拍翅膀，飞到云中去了。

一个月后，老鹰忽然想起那只不知天高地厚的蜗牛，便又飞到金字塔上盘旋，发现那只蜗牛躺正在金字塔的第 30 级石阶边，张口喘气。

老鹰飞过去说："啊！爬上来了？为什么躺着呢？"

蜗牛看看老鹰说："我本来已经爬到第 50 级了，可是风沙一刮，我跌下来了，正在休息呢。"

"你看，你看！"老鹰很可怜这个小东西，"这里离塔尖还远着呢，沙漠里风沙又这么大，你还想爬上去吗？"

"想啊！"蜗牛说，"总不能跌倒一次，就不相信自己了吧？我还要再试试！"

老鹰摇摇头，飞走了。

两个月以后，老鹰又到这座金字塔上来旅游，又想起了那只蜗牛，便在四周寻找。竟然在第 70 级的阶梯上见到了这个犟货，正满头大汗地在往上攀。

老鹰惊讶地问："小家伙，你居然爬到这里来了？"

蜗牛信心满满地说："早些日子我已经爬第 90 级了呢！谁知一不小心，脚一软，又滚下来了！"

"是哟，是哟！"老鹰同情地说，"越到尖顶越难爬呀，上面的石壁更陡峭！要不要我帮你一把啊？"

"谢谢您的好意！"蜗牛摇摇头说，"让我自己再试试吧！"

到了第三个月，老鹰又记起那只爬金字塔的蜗牛，便又飞到那里去探访，它在塔腰盘旋了很久也没有找到蜗牛。心想，可怜的小家伙，准是被风暴刮到天涯海角去了。

老鹰振翅飞上塔尖，伸长脖子，往远处眺望寻找，忽然发现脚爪边有个小东西在喊它：

"喂，老鹰伯伯，从这里看到的风光真美啊！"

老鹰低头一瞧，惊喜地说："你上来了？没被沙尘暴吓坏吧？"

"哪能呢。"蜗牛自豪地说，"我正想把我这次的经历写本《回忆录》，让我们蜗牛的子孙们，也增加点自信呵！"

苏格拉底听了斯芬克斯的叙述，眼里射出欣喜奇异的光。他问狮身人面像："斯芬克斯，那你刚才在沉思什么呢？"

斯芬克斯望了望高高的金字塔感慨地说："我尊敬的天使啊！雄鹰能飞上塔尖，那是上帝赐给它的天赋，不值得炫耀；倒是那只小小的蜗牛，最令我刮目相看，思索良久。仁慈的苏格拉底！假如您能请求上帝给这只小蜗牛一对翅膀，它又会怎么样呢？我在沉思中这样幻想……"

〔注：斯芬克斯是希腊人对古埃及狮身人面像的称呼。现常用以泛指人头、羊头或牛头兽身的雕塑物。〕

人生的"股票"

有个很精明的股票投资者忽然异想天开，跑去问苏格拉底："尊敬的智慧天使呵！假如把人生当作一个股市，那么，我应当怎样去买哪支'人生股票'呢？"

苏格拉底眯着眼说："一样呵，你也应当选牛市。"

投资者疑惑地问："难道'人生股'也有'牛市'和'熊市'么？"

苏格拉底笑笑说："当然有呀！人生股的'牛市'，就是你要根据社会需要和自身条件，选好一个明确的目标，然后，加大投入'学习'和'拼搏'的'血本'；并根据时代、环境的变化，不断'微调'你'奋斗'之车的方向盘，不要去左顾右盼那么多细节，只管加足马力前行。那么，即使你沿途碰到一些'利空'消息；遇到市场上某些坎坎坷坷和风风雨雨，或一时买错了一、二支'小股票'，那也只是涨多涨少的问题。不会血本全亏。"

投资者又问："那么？什么是人生股的'熊市'呢？"

"人生股的'熊市'嘛，"苏格拉底抿了口茶，慢慢地说，"人生股的'熊市'就是人生方向不正，目标不明，懵懵懂懂，混混沌沌，骑着瞎马，在人生路上乱闯'红灯'；或者虽有目标，却畏惧不前，患得患失，怕亏怕赔，坐失机会；或者舍不得投入血本，只想投机取巧，以小博大……这些都是人生股'熊市'形成的征兆，如果你误把'熊市'当作'牛市'，那么即便你是股精、股神，你的'人生股'也会亏得一塌糊涂！"

小心驾驶你的人生之车

有位年轻人，向智者苏格拉底倾诉他的不幸。

他刚考上大学的时候，父亲的企业却破产了；当他找到称心的女朋友快结婚的时候，美丽的未婚妻却患了绝症；当他与人合伙做生意正赚钱的时候，合伙人却背叛了他；当他千辛万苦办起自己公司的时候，他所经营的果木，却遇到了自然灾害，损失惨重……

他说："苏格拉底先生啊，我的运气太糟糕了，上帝为何要如此惩罚我？"

苏格拉底安慰年轻人说：

"年轻人啊，你所遇到的这些不幸，许多人都会或多或少都遇到过。我曾经去请教上帝，有没有解决的秘方？仁慈的上帝说：'孩子，在人生路上，你们要牢记一位经历过许多挫折的哲人的肺腑之言。他说，生而为人，大都不能样样顺利，但你可以事事尽力；你不可能预知明天，但你可以利用今天；你不能控制他人，但你可以掌握自己；你不能改变容貌，但你可以展现自己的笑容；你不能左右天气，但你可以改变心情；你不能决定生命的长度，但你可以控制它的宽度；你不能决定命运之车前面道路的好坏，但你可以小心地驾驶，好好把握住它的方向……'"。

改了名字的狼

小兔子看见老狼来了，连忙钻进洞里。

老狼忙喊道："出来吧，我是不吃兔子的好狼哟！"

小兔子在洞里伸头望了望问："真的吗？我怎么没听见妈妈讲过呢？"

老狼眨眨眼睛说："我信佛啦，从此只吃素不吃荤了。"

小兔子又伸头看了看说："我还是不敢出来，你那'大灰狼'的名字太可怕了！"

老狼转了转眼珠，轻轻地走近几步说："那我改名叫'灰兔欢欢'行吗？"

小兔子听了，高高兴兴地走出洞来，老灰狼笑嘻嘻地一口咬住了它的脖子。

这时，小兔子才扭动着脑袋说："唉！我后悔没听苏格拉底天使的话：'改了名字的狼仍然是狼呵'！"

一丁点儿 "秘密" 的价值

有位制作面包的小商，面包做得特别香甜松软，每日顾客盈门，生意奇好。住在他隔壁的面包商，却总是做不出那种好面包，因此没有顾客去光顾。

这位面包商想向他学习这门绝技，可那位面包商却要价很高。

这位面包商不服气，去问苏格拉底："不就是做面包的那点儿小诀窍吗？他为什么要价那么高？真黑心呵！"

苏格拉底拍拍他的头说："年轻人，消消气吧！你要是知道下面这个故事，就不会这样想了……"

接着，苏格拉底给他讲了个故事：

第一次世界大战期间，制造光学玻璃的秘密，被英、德、法三国垄断着。当时光学玻璃是国防工业上的重要材料，没有它，飞机和潜水艇就都成了瞎子。

年轻面包商惊讶地说："有这么重要吗？"

苏格拉底点点头，继续说：1916 年春天，俄国沙皇派了几个科学家，悄悄地去拜访英国的军火生产大臣，请求他们的工程师，传授光学玻璃制造技术。

英国的军火大臣摇摇头，诡秘地笑笑说："你们到法国去吧，也许那里的技术更适合你们呢？"

俄国学者只好跑到法国，拜见了法国总统。总统陪他们去拜访光学玻璃制造商。俄国人一开口就出了一百万法郎的高价。可那个商人还是连连摆手，急急地设法躲开了。

俄国人没法，只好又回到英国，找到光学玻璃制造商谦斯，谈判了七天七夜，说尽了好话，最后许诺给英国商人谦斯在俄国享有25年的'专卖'特权，谦斯才悄悄地把"秘密"告诉俄国人：

"其实也没什么大诀窍：就是在玻璃熔化的时候，要使劲不停地搅拌！"

俄国学者们听了以后，一个个你看着我，我望着你。不禁长长地"呵"了一声，许久说不出话来……

年轻的面包商拍拍脑袋说："唉！就是这么点微不足道的小秘密，俄国人付的代价也太高了！"

苏格拉底严肃地说："你要知道，有时候价值的增长不是通过劳动，而是通过知识和摸索经验来实现的。即使看起来是微不足道的一丁点儿，可这一丁点儿的知识和经验，却蕴藏着不可估量的财富。"

狼的主意

一只饿虎猛追一只小狼和小狐狸。

小狼对小狐狸说："老弟，快跟我来。前面悬崖边，有一座孤立的石峰，四面都是峭壁，老虎是爬不上的。只有峰顶有座独木桥，我们跑过去之后，将独木桥掀下崖去，老虎只好干瞪眼。我们就可以在峰顶上跳舞了啊！"

小狐狸问："峰顶上有足够的兔子和野鸡么？"

小狼摇摇头："峰顶不大，好像没有兔子和野鸡。"

小狐狸扭头就跑："你没有听天使苏格拉底说过么？凡事要先想想退路。这样的峰顶，你还能回来吗？狼兄，你不能只想到断老虎的路，更要想想自己生存的路哟！"

失败的"关键"

一个屡次失败者，去找上帝的智慧天使苏格拉底诉苦：

"主呵，我为什么老失败哟？"

苏格拉底皱皱眉头说："你知道这是什么原因了吗？"

失败者摇摇头。

苏格拉底拍拍他的肩膀，严肃地说：

"这就是你所以屡屡失败的关键呀！明白了么？"

钻洞的泥鳅

有一条泥鳅，在长江的堤坝上钻了一个小洞。护堤人发现了，把它从洞内钩了出来，往堤上狠狠一甩。这条泥鳅被甩得浑身散架，痛得在堤上直跳。

"哼！凶什么凶？！"泥鳅喘了一阵气。

正在这时，苏格拉底恰巧从堤上经过，泥鳅便忿忿地对苏格拉底说："我只在堤坝上钻了一个小小的洞，护堤人为什么对我这样凶？"

"你这无知的浑蛋！"苏格拉狠狠瞪了泥鳅一眼，大声地教训道，"要是你知道自己钻的这个小洞的严重后果，就会知道护堤人还对你凶得不够！"

压力是一盘"点心"

一个年轻信徒向苏格拉底诉苦：

"我尊敬的天使呵，我每天压力太大了。在这个世界上生存，不仅要会做事，而且要会说话，会乖巧，会做人。稍有不慎，就会跌进苦难的深坑。我肩上的担子就像两座大山，职场求职的人，又人山人海。竞争太激烈了，我真感到吃不消呵！"

"我的孩子！"苏格拉底同情地说，"做人难呵！上帝当初创造人，就是让你们到这个尘寰里来受苦和锻炼意志的！其实，在这世上，有的人把压力当作一碗苦药，难以咽下；有的人却把压力当作一盘点心，在辛劳中细细品尝。把压力当苦药的人，压力会像两扇石磨，把他压垮；把压力当点心的人，往往能从苦涩中吸取营养，激发出心中的梦想，激起不怕苦的拼搏和创造的韧劲。这样对待压力的人，压力就会像乌云一样消散。而很可能在压力中，找到幸运机遇的阳光，开拓出一条新路，创造出属于自己的奇迹！"

苏格拉底谈"下辈子"

有个中年男人有权有势，家里又有资财万亿，美妻娇儿，日子正过得美美的时候，上帝突然派天使叫他去报到，说他这辈子的寿数已尽，要去做下辈子的安排。

中年男子舍不得丢下这辈子的好日子，磨磨蹭蹭不想离开可又没有别的办法，便跑到苏格拉底天使那里去打听，他下辈子会遇到些什么？

苏格拉底笑了笑说：关于下辈子，我也只能给你谈个大概。不过，有几点，你必须有些思想准备：

1. 你下辈子是贫是富、是贱是贵，这要看你下辈子是行善还是作恶，是否能吃苦努力和能否抓住机遇才可决定。上帝不会从天上无缘无故给你抛下金元和馅饼；

2. 你现在的美妻，下辈子会嫁给别人，与你再爱的概率甚微。你不要妒火中烧，要敢于面对现实；

3. 你现在的父母、兄弟、姊妹、好友，是你这辈子的缘分，下辈子可能再也见不到了，该感恩报答的，赶快报答感恩；

4. 你现今的敌人，下辈子不太可能再与你作对，别终日想着报复，为此烦恼、仇恨；

5. 你这辈子所爱之人，可能不再遇到；你这辈子所恨之人，下辈子可能会与你成为亲友或组成家庭；

6. 你下辈子是无灾无难，还是灾祸缠身，这要算一算你下辈子做的好事和坏事，才能最后决定；

7. 你下辈子是否健康无痛无病，这要看你下辈子是否意志坚强，不为名利、声色、贪心所困，还要看你能否坚持锻炼，注意养生；

8. 你下辈子是否有朋友相帮，这要看你下辈子是否博爱无私、乐于助人……总之，每一分收获，都要看你下辈子是如何用善行去努力耕耘。

苏格拉底最后拍拍他说：

迷途的羔羊呵！你呀，先好好珍惜这辈子余下的日子吧！下辈子的事，我劝你别再那样过分操心！

上帝的无奈

有个女人一把将丈夫揪到苏格拉底面前，愤怒地说：

"这男人真不是个东西，赚不到钱的时候，他唉声叹气；没成功的时候，他垂头丧气。可一旦有了一点小权弄到几个臭钱，就嫖赌逍遥，乌烟瘴气！万能的上帝天使哟，下辈子你让他变女人，我做男人，我送您老人家一万美金！"

"只怕这美金我得不到呢！"苏格拉底笑笑说，"来世把你俩调换一下倒是容易，只是谁能保证你不会比这个男人更坏呢？！"

苏格拉底的神酒

很久很久以前，有两兄弟到山上去砍柴，碰到了苏格拉底。

苏格拉底问他们："你们想发财么？"

兄弟俩齐声说："想啊，做梦都想呢！"

苏格拉底笑笑说："我教给你们一个酿药酒的新方法。这酒一旦酿成了，它不仅可以治百病，而且每天都可以从缸里舀出酒来，会取之不尽。你们就可以用它赚很多的钱了。"

兄弟俩听了，忙向苏格拉底叩头，请他快快指教。

苏格拉底说："酿这药酒，先要爬三十三座山，采'九九八十一'味药，然后取高山上的泉水'六六三十六'桶，再到'天涯海角'的种田人家里，挑回五斗红糯米，放在用千年紫砂泥作的陶缸中，用中国南岳山顶的松枝和广东罗浮山的芭蕉叶，把缸口封好。酿制七七四十九天之后，在一个鸡叫五遍的黎明，当第一缕阳光照到你家屋顶的时候，你才小心地把酒缸打开，这药酒就酿成了！注意呵！千万别浮躁！要是你不能耐心等待，不到火候就揭缸，那就会前功尽弃呀！"

兄弟俩点点头，照苏格拉底的指点去做了，每人酿了一缸酒，只等开缸的日子。

七七四十九天以后，雄鸡叫了第四遍。老兄想：我等了四十九天，已经够久了，现在鸡也叫了四遍，还要等第五遍，心里实在熬不住了，便悄悄揭开缸盖一看。谁知先是一股浓香的酒气冲了出来，但一会儿就变成了酸酸的醋味。他舀了一碗尝尝，又酸又苦，没半点药酒香味，他只好把缸里的水倒了。

弟弟也等得心焦，几次他想提前揭开缸盖看看，但一想到天使苏格拉底的教导，又按捺下心头欲望的诱惑，耐心地等待下去。

等到鸡叫第五遍的时候，一缕绚丽的曙光，照射在他的屋脊上。老弟走进屋去，洗了手，燃起香，这才小心地将缸盖揭开。顿时，芳香的酒气，弥漫了整个屋子。而且，这酒可治百病，凡喝了这酒的人，个个说好。

方圆近百里的人们，听说弟弟酿出了"仙酒"。都争着来买。说也奇怪，那缸里的酒，舀了又有，像一口永不干渴的泉井，总是"咕噜咕噜"地冒出香气扑鼻的药酒来。于是弟弟发了大财，他成功了。

老兄十分不解，感到很气愤。他跑去向苏格拉底质问："为什么我俩只差那一遍鸡叫的时间，他却酿成了仙酒，我酿的却变成了醋呢？这太不公平了！"

苏格拉平静地开导他说："人的成功与失败，并非只是他的聪明能干和努力，还有他的'坚韧'和'耐心'，能按规矩办事。你不要小看他多坚持了'一遍鸡叫'的时间，往往就是这种'坚持'，决定了一件事的成败。这有什么不公平的呢？"

一个启人深思的故事

有一次，商人甲悄悄告诉好友商人乙说："我得到一个消息，今年冬天会冰冻，你快多购进一些电烤炉吧，到时候可能会赚笔大钱。"

商人乙望望暖烘烘的太阳，笑了笑，没有把这话放进心里。

果然，那年冬天十分寒冷，一连冰冻了半个多月，商人甲卖掉了1800多个电烤炉，而且是以超出双倍的货价卖出的，狠狠赚了一笔钱。

商人乙非常后悔，对上帝的天使苏格拉底长长叹口气说："请您转告仁慈的主呵，他为什么不给我这样一个机会哟？"

"怎么没给你机会呢？"天使苏格拉底惊讶地看了看他，"你呀，使我想起了一个印度猎人。"

苏格拉底两眼望着远方，慢慢地说：

"从前，印度有个猎人，养了一条很忠实的狗。一天，他外出打猎时，把狗留在家里，看护自己年幼的儿子。可等他晚上回到家里的时候，却发现儿子不见了。他看了看那条嘴角流血的狗，顿时火起，挥起锋利的砍刀，把狗劈了。

这时，他的小孩从床底下爬出来，哇哇地哭着说："爸爸，你走了以后，有条蟒蛇想来吃我，是这条可爱的老狗，把蟒蛇赶跑的，您为什么杀死它呵？"

猎人听了后悔不已，把这条老狗埋葬在后山上，还给它修了座纪念塔。据说，这座塔至今还矗立在印度加尔各答一座风景秀丽的高山上。

说完故事后，苏格拉底问商人："你从中领悟到什么了吗？"

商人迷惑地摇摇头。

"你呀！"苏格拉底伸出一根指头，戳戳商人的脑袋，说，"猎人由于缺乏正确的判断和信任，失去了一条忠实的爱犬。你呢，也是因为缺失信任和科学判断，才失去一次赚钱的机会。人世间因为缺乏这两样宝贵东西，而失去友谊、爱情和某些成功机会的人，难道还少吗？"

苏格拉底在飞机上

有一次，苏格拉底在飞机上碰到了全球首富比尔，他和一位普通的老太婆一起坐在简陋的经济舱里。

苏格拉底惊讶地问："比尔先生，你是赫赫有名的首富呵，怎么不去坐头等舱呢？"

比尔对苏格拉底笑笑说："这重要吗？难道头等舱会比普通的经济舱飞得快些么？"

苏格拉底不好意思地摇摇头。他想：这位大富豪，崇尚的是节俭。他看中的不是头等舱带来的舒服和虚荣，而是一个很讲求实际、看重结果的人，这大概就是他成功的原因之一吧！

后来，苏格拉底在飞机头等舱里，又碰到另一位大富豪老麦肯锡，他也是一家美国大公司的老板。

苏格拉底走过去问："麦肯锡先生，你为什么坐头等舱呵？只是为了它舒服吗？"

老麦肯锡摇摇头说："不，我坐头等舱是为了结识更多的名流和大老板。他们中只要有一位能成为我的顾客，我们公司一年的收益就有着落了。事实正如我估计的那样，这几年我在头等舱，结识了不少大老板，后来他们大都成了我的客户，我们公司也因此有了更大的发展……"

苏格拉底眼睛亮了一下，他想：是的，对于这位老板来说，时间就是金钱，高效就是收益。他坐头等舱，就是为了抓住认识和结交客户的机会，而这些机会，可能会给他带来巨额的利润。坐飞机的人很多呵，能像麦肯锡老先生这样，把它当成寻找和抓住机遇的人却不多啊！这大概就是他能成功的原因吧！"

这时，一位中国年轻人走过来，苏格拉底给他讲了两个美国人坐飞机的故事，然后拍拍他的肩膀，轻声地问：

"孩子，你更赞同谁的主张呢？"

年轻人想了想说："尊敬的苏格拉底！这两个人都值得我学习呢！不过我认为，节俭是比较容易做到的，而善于发现机遇，并能把握住机遇，却不是人人能够做得到的呵！"

苏格拉底满意地点了点头。

"贫贱"的魔力

有一年球王贝利喜得贵子，许多宾朋和记者前去贺喜。

他们看到小宝贝长得虎头虎脑，很像球王贝利，纷纷说："这小子准会像你一样，将来也是一颗足球明星！"

贝利摇摇头说："他也许会成为一名足球运动员，但绝不会有我这样的成就。"

朋友们惊讶地问："为什么呢？"

贝利平静地回答："因为他缺少'贫贱'这种财富。"

"贫贱也是财富么？"

贝利深情地说："当然是财富！我小时候由于家里贫穷，要靠踢球活命。不踢好球就不能吃饱肚子，脑子里有很强的竞争意识，浑身有股奋斗的劲儿。可这个小家伙，今后不会有这种压力了。"

朋友们听了，长长地"呵"了一声，"看来，贫贱确实有一种奇异的魔力，就看你如何去把它变成财富了。"

情侣"分豆"

有对年轻夫妻从小青梅竹马，读初中时就已互生爱慕之心。高中大学时虽分开了，可"手机"和"网络"仍然帮他们牵线搭桥，"恋情"看涨。

大学毕业后，两人又进了同一家公司，爱得难舍难分。同事们都说，这对恋人是上帝配好的一对，是现代版的"梁山伯与祝英台"。

只是他们比当年的"梁祝"幸运得多，在爱得发烧的时候，就你拥我抱地进了婚姻殿堂。

结婚之后，他们卿卿我我，你欢我爱，形影不离。但烦心的事也跟着来了，除了公公、婆婆的唠叨，岳父岳母的叮嘱，大姑、小舅的琐事之外，两人生活中磕磕绊绊的事情也一天天多了。比如，男的要吃辣的，女的偏爱吃甜菜；男的想去会友，女方却要逛街；男的喜看"足球联赛"，女的却只想听"超女唱歌"……大到工资花销，小到看什么电视之类的琐事，常常争争吵吵。于是，爱的热度就像桌上那杯新泡的咖啡，渐渐由降温而冷却，出现了感情危机。

为什么感情这样高浓度的恋人，一步入婚姻生活，就会出现这样的险情呢？

有一天，他们两人不约而同地走进当年结婚时的教堂，去找上帝的天使苏格拉底指点。

苏格拉底天使抓了一把黄豆，一把黑豆，撒到桌上，又搅拌了几下，然后对他们说："你们想想，如何用最短的时间，把黄豆和黑豆分开，我就帮助你们解答这个问题。"

男生和女生马上各占桌子一方，一个决定选黄豆，一个决定选黑豆，两人迅速动手挑拣起来。过了许久，他俩好不容易才把黄豆和黑豆分选好。

苏格拉底看了看手表说："你们足足用了十六分钟啊。其实，如果换一种选法，八分种就可选拣好的。你们说，还可以换一种什么选法呢？"

男生和女生想了想，齐声说："我们还可以两人同选一种黑豆或黄豆，时间就可大大缩短了。"

"对！"苏格拉底笑了笑说："你们的问题也就在这里！两人在一起生活，却每人都太看重自我，都要以自己的利益、兴趣为中心，总要求对方服从你，不愿在婚姻生活中有一点放弃和妥协，不愿稍微作点忍让，迁就对方一下，结果当然是两败俱伤！孩子，请记住啊！婚姻生活是一门妥协和忍让的艺术。有人曾问我：你怎么能与那么暴躁的妻子相处得好啊？我总是耸耸肩膀，笑笑说，假如你不想过争吵、烦恼、分居的日子，那么，就要学会'忍让、尊重和合作'这门生活的艺术。"

年轻的小夫妻猛然顿悟。

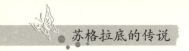

小妞妞的翅膀

　　草丛里有一群小青虫，周身翠绿得像一块碧玉，身材苗条，腰肢柔软，缓缓地在草地上爬行。饿了，有吃不尽的嫩草；渴了，有喝不完的露珠。吃饱喝足以后，便舒舒服服地伸直身子，躺在草叶上睡觉，大家都叫它们"懒虫"。

　　一群小鸡知道了，便悄悄地跑到草丛中，毫不费力地一口一条，将它们吞进肚里，变成腹中的美味。

　　有一次，小青虫妞妞正在草丛里吃着甜甜的青草，突然跑过来一只小鸡，将它正在睡懒觉的爸爸拦腰啄住。老青虫猛地惊醒过来，连忙使劲地扭动身子，可是什么用处也没有，小鸡伸着脖儿，一口一口地将它往肚里吞。

　　老青虫临死的时候，对着小青虫叹口气说："我们要是能飞就好了！"

　　看到这惊恐的一幕，小青虫妞妞害怕极了。心想：是呀，我们有这么多天敌，乌鸦、山雀和小鸡，都可以随随便便轻而易举地把我们吃掉。我们要是能飞的话，也不会遭这份罪了。

　　小青虫妞妞连忙爬到上帝智慧天使苏格拉底面前，请求天使赐给它一对能飞的翅膀。

　　苏格拉底皱皱眉头说："小懒虫呵，要翅膀可以，但它是不

会轻易长出来的。你必须吃些苦头，彻底改变自己才行呵！"

小妞妞说："我亲爱的天使呵，只要您能让我有能飞的翅膀，吃什么苦我都愿意！"

苏格拉底说："你舍得脱去碧绿的衣袍吗？"

小妞妞点点头说："舍得！"

苏格拉底说："你愿意改变贪吃的毛病，不吃不喝饿上几个星期吗？"

小妞妞本是贪吃的大王，但她想了想说："愿意！"

苏格拉底又说："你还要不动不玩，把自己关在黑屋里呆上一个冬天，你耐得住这个寂寞吗？"

小妞妞最爱玩爱动了，一刻也闲不住的，但她想到那能飞的翅膀，坚决地点点头说，"我会尽力耐住寂寞的。"

"好吧！"天使苏格拉底摸摸它的头说，"那我就让你试一试吧！"

苏格拉底向小青虫妞妞吹了一口气，不久，小妞妞好看的翠衣，变成了难看的黑皮，渐渐缩成一颗蚕豆般的黑蛹，静静挂在灌木丛的树叶上。

小青虫再也没有甜甜的草叶吃了，没有清凉的露珠喝了。它好难过呵，在"黑屋"里不停地扭着。可它想到那能飞的翅膀，决心战胜贪吃的毛病，咬着牙忍住了。

一天又一天过去了，可天使还是让它独个儿呆在"黑屋"里。没有妈妈谈心，没有朋友玩耍，它寂寞得好难受啊。

它几次想砸破小"黑屋"，跑出来找小伙伴玩耍，可眼前立即闪过爸爸被小鸡吞吃的那一幕，它又咬牙忍住了，决心战胜自

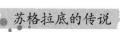

己贪玩的毛病。

小妞妞在"黑屋"里没吃没喝，独个儿静静地呆着，终于熬过了漫长的冬天。

有一天，天使苏格拉底派风孩儿敲了敲小"黑屋"的门说："出来吧，小妞妞，你会有一对美丽的翅膀了！"

小妞妞立即咬破蛹皮，从小"黑屋"里爬了出来。哇！自己完全变了，果然有了一对美丽的翅膀。

它轻轻地张开翅膀，快乐地飞起来。呵！小青虫变成美丽的蝴蝶了，在天空中自由的飞翔……

小鸡们惊讶地望着它说："这就怪啦，小青虫妞妞怎么飞得比我们还高哟？"

苏格拉底天使笑笑说："你们惊讶什么？凡是敢于战胜自己缺点的生灵，都会成为生活中最大的胜利者！"

羊的命运

羟羊、绵羊和山羊一同去阿尔卑斯山顶，拜访天使苏格拉底。

三只羊高高兴兴地刚走出山窝，就跳出来一只老虎，只追了几步，就将绵羊扑倒，美美地吃了。

羟羊和山羊不敢再走大路，忙选择山崖边上的陡峭小道，一蹦一跳地急走，才逃脱了老虎的追赶，来到了大草原上。

这里没看到老虎，它们惊魂稍定，想喘息一下。谁知刚刚站住，草丛里就蹦出一只恶狼，向它们飞一样追来。结果，跑得稍慢一点的山羊又成了狼的美食。

羟羊再也不敢怠慢，选择险道，用尽浑身力气拼命猛跑，才到达了阿尔卑斯山顶，见到了天使苏格拉底。向他哭诉了羊类的命运。

羟羊一把眼泪一把鼻涕地说："天使呵！我们羊类的命运为什么这么苦哟？我们不仅受虎豹狮子的任意欺凌，连个头与我们羊差不多大小的狼狐和豺狗，也把我们作为饱肚的美食。"

苏格拉底见羟羊哭得很伤心，就摸摸它的头开导说："迷途的羔羊呵，我实话告诉你吧：世上一切生物的命运，都不由上帝掌握。命运的'遥控器'就握在你们自己手里。就说你们羊吧，你们有一对尖角，却不把它磨成御敌的锐利武器，让它在头上弯弯绕绕，只图臭美；你们有四只长腿，不去苦练奔跑，只在山间小道上嗅花觅食；你们有一颗同狐狸一般大小的脑袋，却懒于思考，平日不去积累、储备战胜虎狼的智慧；你们有同狼一样大小的身躯，却不去好好增长坚实的骨头和力气，却只会长细肉与毛皮……所以你们在虎豹豺狼面前，既不敢斗，也不善斗，更没有飞跑的技巧与气力，就只会跪下双膝。孩子，若老是这样下去，即使有人能给你老虎的命运，你也会变成一只癞皮猫，在世上受苦、受气、受欺……唉！迷途的羔羊呵！我的孩子！"

"我第三"

苏格拉底有个儿子，他从小优秀，后来又以最出色的成绩考上了最牛的名牌大学。在这所大学里，他在每个阶段都名列前茅，受到老师和同学们的真诚称赞，成为了学生们的领袖。但在他身上，却找不到一丝"佼佼者"的清高、孤傲和盛气凌人的影子。相反，他待人特别谦和，常常是打心眼里尊重和欣赏自己身边的每一位老师、同学和朋友。

同伴们都想弄明白他为什么这样优秀，可他总是谦逊地笑笑，不认为有什么"秘密"。

后来，同学们在他的床头边，发现了一个精致相框，相框里镶着三个字：我第三。

同学们想解开这个谜，再三请他讲一讲这个"奇特"的故事。这时，他才说出这个相框的来历：

这是他上学的第一天，爸爸苏格拉底赠送给他的一件礼物。

苏格拉底说："孩子，希望你什么时候也不要忘记：上帝第一，别人第二，你永远第三！"

苏格拉底深情地告诫他："低调地做人处世，是古往今来人们成功的秘诀。低调不是怯懦，不是默默无闻。它是一种谦卑、一种力量爆发前的积蓄。做人低调，不仅是一种境界，一种风格，也是一种高深的哲学！"

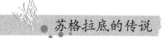

心里揣着绿洲的骆驼

一头骆驼昂着头，迈着稳稳的步子，向沙漠中走去。

山羊拦住它说："老哥，你知道前面是什么地方吗？是无边无际的大沙漠！你怎么往那里走呀？"

骆驼说："我正是要穿过这片沙漠。你知道吗，沙漠的尽头就是肥美的绿洲。"

骆驼向山羊点点头，继续往前走。

一只沙鼠从沙里伸出头来，好奇地望着它说："怎么？你也想穿过沙漠？你知道什么叫沙暴吗？那会把你淹没的。你看，我这沙漠中的常住户都要钻到沙里去躲避。你这么肥大，往哪里躲？能经受得住吗？"

骆驼低头对沙鼠说："沙暴么？我跟它打过几次交道了，我知道怎样去战胜它。"

骆驼走进了沙漠的腹地。狂风卷起漫天盖地的黄沙向它扑来，沙丘一个接一个地向它推来。骆驼没有害怕，它曲着膝沉着地蹲伏在沙丘边，就像一座小山那样挺住。

狂烈的沙暴没有吓倒它，只好从它身上翻过去了。骆驼站起来，抖落满身黄沙，又继续向前赶路。

烈日像大火球一样炙烤着它，骆驼渴极了。幸亏它早有准备，肚里还另有一个小囊，装着满袋清水。骆驼知道水在沙漠里比黄金还金贵，它一小滴一小滴地使用水囊里的存水，让每滴水都能发挥出最大的作用。饿了，它拼命忍受着，让储存在驼峰里的脂肪，给它一点一点地提供前进的能量。

这里没有人烟，不见飞鸟，只有它踏着黄沙的"嚓嚓"声，只有自己的影子，紧紧跟在它孤独的身边。

骆驼耐住这难受的寂寞，昂着头，望着前方，朝着心中绿洲的目标，一步一步地向前方走去。

走呀走呀，骆驼不知已经走了多少天，只知道沙暴扑来一次又一次，只知道沙丘翻过了一座又一座……身后的足迹虽然被黄沙淹了，但它心里记得，那是一串长长的、长长的脚印。

忽然，它抬头一看，西侧天边出现了一片非常美丽的海市蜃楼，看得见有一江清水，有一片草地，还仿佛有人影和骆驼伙伴在行走。它们好像在远处向它招呼："来吧，来吧！快改变你前行的方向，到这里来吧！这里有清水肥草在欢迎你！"

骆驼听祖父说过，这是沙漠中一种虚幻的魔影在引诱，千万不能受骗上当。它没有改变自己既定的目标和方向，仍然稳稳地迈着踏实的脚步，继续向前，向前！

走呀，走呀，不知又走了多少个日日夜夜……

这一天，当它夜里伏在沙丘边打了个盹儿之后，天亮时抬头一看：哇！一块真实美丽的绿洲，在前面天边展现了。

骆驼终于走到了自己心目中的绿洲里。它愉快地喝着甜甜的清水，嚼着肥嫩的绿草，深深地呼吸着温润清新的空气。

一只羚羊跑过来，惊讶地问："老哥，你是越过大沙漠来的吧？沙漠那么大，路途这么远，艰险那么多，你依靠什么走过来的呀！？"

这时，天使苏格拉底从这儿路过，他拍拍骆驼，对羚羊笑笑说："因为它心里揣着一块美丽的绿洲，是它给了骆驼无穷的力量，所以沙漠再大，艰险再多，它在骆驼眼里也就算不了什么啦！可爱的骆驼，你说是么？"

骆驼向苏格拉底天使点点头。

鸟和鱼的怨恨

一个偶然的机会，鸟和鱼在海边相遇。

鸟看到鱼自由自在地在海里游玩，一会儿沉入水底，吃一口食物；一会儿浮到海面，欣赏天上的彩云。

鸟看了羡慕不已，大声对鱼说："伙计，人们常讲：'海阔凭鱼跃'，今天我算是亲眼见到了。我真羡慕你们呵！你们有蔚蓝的海水托着，游泳起来，不要像我们鸟类扇动翅膀那样费力；你们海里那大片的珊瑚丛中，有吃不完的食物，想怎么吃就怎么吃。哪像我们鸟类，要翻山越岭，飞了好久还找不到一条可口的小虫充饥……总之，你们的生活太让我羡慕了，下辈子我一定要变条鱼，打死我也不再变鸟了。"

鱼看了看海边飞着的鸟说："朋友，你只看到我们鱼类生活的一面呵。我们生活在海里，到处都是隐藏的敌人。凶恶的大鱼会吃我们，花花绿绿的小鱼会骗我们，连珊瑚礁中阴暗狭窄的缝里，都没一处安全的藏身之处。我们在海中，每游一尺都充满着危险哟。哪像你们鸟类，想飞到哪就飞到哪。有美丽的彩云作伴，有高高的大树栖身。自由自在，无忧无虑，真是'天高任鸟飞'呵。要是上帝允许我选择，我下辈子一定要变只鸟，哪怕是只很小很小的鸟，也会比一条鱼强呵！"

鸟和鱼争论了很久，恰逢天使苏格拉底从它们身旁经过。鸟和鱼就向智慧天使天使诉起苦来，请求他的帮助。

苏格拉底天使叹了口气，笑笑说："唉！你们做鱼的想变鸟，做鸟的又想变鱼，这让上帝很为难呵！其实，鱼有鱼的艰险，也有鱼的快乐；鸟有鸟的快乐，也有鸟的艰难呀！在所有生灵的生活中，总是安逸和艰险相伴，快乐与烦恼共生。它们绝不会只有快乐，也绝不会只有艰险，就看你怎么去对待哪！"

过了不久，鸟又飞到海边，对那条鱼说："老伙计，那天苏格拉底天使的话，也许有点道理。但我想了两天，还是觉得做鱼好呵！"

鱼好奇地反问："那又是为什么呢？"

鸟悲哀地说："你看，如今的人一天天增多了，他们为了自己生活得舒适，到处砍伐树木，全然不管我们鸟类的生存。现在，地球上的森林正在飞快地减少，沙漠正在发疯似地扩张。总有一天，那些人类，会把整个地球的森林砍尽伐绝，我们怎么还能够有一点快乐呢？连活命都成大问题啦！可你们鱼类不同呵，你们有无边无际的大海，人类再疯狂，他们也没法把海弄干吧？"

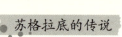

　　鱼长长叹了口气说："唉，可怜的鸟先生哟，我们正同病相怜呢！你是只知道自己森林的灾难，没想到我们海洋的危险呢！那些人类虽然不能把海洋吸干，却正在用花样百出、危害极大的化学物质，以及那些日益增多的生活废料，把海洋污染得一塌糊涂。你难道没看到我们鱼类，每天有成千上万的同胞，在痛苦的挣扎中死去么？"

　　停了一会，鸟和鱼同时怨恨地说："我真不知道，万能的上帝，为什么不去惩罚那些两只脚的人类呵？"

　　它们这些话，被正在云端散步的天使苏格拉底听到了，便低头对鸟和鱼说："可怜的孩子们呵！一切肆意妄为的人，都会得到报应的。你们难道没有见到那些家伙，正在受到上帝越来越严厉的惩罚么？"

三个魔鬼

上帝和天后造好亚当和夏娃之后，把他俩召到身边，嘱咐道：

"孩子，我要告诉你们一个不幸的消息，在我造你们的时候，有个恶魔，趁我不注意，在你们的右心房里，放了三个魔鬼：一个叫'偷懒'，一个叫'暴躁'，第三个叫'贪利'。它们会在你们一不小心时冲出来，让你懒惰，一事无成；让你情绪失控，冲动犯错；让你私欲膨胀，贪得无厌，跌进犯罪的深渊，你们在人世间，可千万要小心呵！"

亚当和夏娃听了，忙跪在地上，向上帝和天后磕头，齐声说："仁慈的上帝！你有那么大的神通，就发发慈悲，帮我们把这三个魔鬼赶走吧！我们真害怕，这三个魔鬼会毁了我们的一生呵！"

上帝摇摇头说："孩子呵，我的神通再大，也赶它们不走呢！这些魔鬼只有靠你们自己的力量，才能赶走它呀！"

亚当和夏娃哭起来，又用无助的眼神，向天后磕头，请求她的指点。

天后伸出慈爱的手，抹去他们的眼泪说："我的孩子！你们也别太害怕这些魔鬼了，我已让智者苏格拉底在你们的左心室里，放了三位天使，一位叫'勤劳'，一位叫'理智'，另一位叫'敬畏'。你们只要让这三位天使时刻驻守在你们心里，牢牢看管好那三个魔鬼，就一定可以使你们事业有成，一生平安！勇敢地去吧！孩子，但愿你们幸福！"

为了撒播几天的芬芳

中秋节的夜晚，太白金星等一班神仙，到嫦娥的月宫去饮酒赏桂。

仙人们刚刚步入月宫的大门，就闻到了一股淡雅的清香。于是纷纷向那株老桂树涌去。抬头一看，只见那株枝繁叶茂的桂树，一簇簇，一片片地开满了金黄色的小花，你不让我，我不让你，争着向神仙们露出小小的笑靥，吐出浓浓的桂香。

仙人们舒心地吸呼着芬芳，纷纷赞叹说："多美多香的花呵！简直整个月宫都成了一个'香囊'！"

太白金星一边深深地吸着沁人心脾的桂香，一边感叹地说："可惜呀，这样好的香花，花期却那么短，只能开个五六天，就花谢香尽哪，惜哉！惜哉！"

嫦娥听了，对仙人们说："仙友们啊，这些桂树就为了能在这世上撒播这五六天的芬芳，默默地努力积蓄，准备了整整一年哪！有时，甚至要积蓄、准备两年到三年呢！"

太白金星听了，似有所悟，忙向桂树拱手致敬！

打出"一片天下"的条件

有个富翁，他过 80 岁生日时，上帝曾在梦中给了他暗示：他下辈子将出生在一个很穷的人家里。父母都会早早离他而去。

富翁醒来以后，坐立不安，一想到下辈子那种境遇，就愁眉不展。他成天想：我要怎样才能从那贫穷、艰难的生活中挣扎出来，打出一片天下呢？

于是，老富翁从全国聘请了 100 个最聪明的成功人士，有企业家，有哲学家，有学者、教授，请他们共同研究一个课题："假如一个贫穷的小子，没有资金，没人帮助，那么，他要具备哪些条件，才能创出一番事业来？"

这 100 个聪明人没日没夜地看书，访问，思考，讨论，最后写出了一本长达一千页的厚书，列举了几百个条件。当这本书送到老富翁手里时，他已头昏眼花，无法阅读。老富翁只好要他们大刀阔斧地删削，变成了一本几十页的缩写本，保留了十几个最重要的基本条件。

这时，老富翁已病在床上，奄奄一息，什么书都不能看了。可他不肯闭眼，要是不知道那个最基本的成功条件，他下辈子怎么办呢？富翁把儿子叫到床前，要他再出高价，从中选一个最聪明、最有成功经验的老学者，用简单的语言，给他开出一个成功的"药方"。

最后，儿子找到智慧天使苏格拉底，来到老富翁的病榻前。

苏格拉底俯下身子，在他的耳边说："如果下辈子你孤立无援，要打出一片天下。那么，你既要像猴子那样机敏、眼观六路、耳听八方，即使信息和机遇像飞鸟那样闪过，也能稳稳地抓住它；又要像骆驼那样坚忍不拔，扛住挫折，踏碎困难，咽下孤苦，艰辛地跋涉向前，不怕迎面扑来的风沙；还要像狮子那样勇猛踏实，从小物抓起，即使是只小兔子，也不轻易放过捕获。又要敢冒风险，迎接苦斗、奋力搏击，绝不轻易倒下！"

老富翁听到这里，悄悄地闭上了眼睛。

凡娜吉斯女神的启示

有一天，苏格拉底问老友克里蒙："您知道凡娜吉斯女神的故事吗？"

克里蒙摇摇头说："您讲来听听。"

苏格拉底说："您知道，钒，是一种稀有的金属，在现代工农业生产和科学技术中，用途极大。比方说，在炼钢的时候，加入适量的钒，就可以炼出坚硬、结实无比的'钒钢'。"

"这我知道。"克里蒙点点头。

"钒元素是一个叫塞夫斯德朗的化学家在实验中发现的。"苏格拉底继续说："这种新元素，为什么取名叫'钒'呢？那是因为在庆祝塞夫斯德朗发现新元素的时候，瑞典化学家柏济利阿斯，给本该是钒元素发现人乌勒写了一封信。他在信中讲了一个意味深长的寓言。"

克里蒙来了兴趣："啊！您快说来听听！"

苏格拉底喝了一口咖啡，于是就讲述了这个发人深思的故事：

很久很久以前，在一座美丽的山林中，住着一位漂亮的女神，名叫凡娜吉斯。她非常能干，神通广大，但她又是一位文静而又害羞的姑娘，从来不肯单独露面。因此，很久以来，没有人认识她。

有一天，凡娜吉斯女神正躺在家里休息，忽然听到有人来敲她的大门。她心里一阵惊慌，没有立即去开门。而是侧耳倾听，想等客人再敲一次。可是等了很久，她再也没有听到敲门的声音。女神感到奇怪，轻轻撩开窗帘往外一看，不禁大吃一惊。唉呀！这不是敲开尿素之门的著名化学家乌勒先生吗？他今天怎么这样粗心，在我门上敲了两下就不再敲了呢？

女神望着乌勒那头也不回的背影，伤心地说："谁叫他不肯反复敲我的大门呢？那就让他走吧！"

过了不久，门外又传来了敲门声。女神仍然没有马上开门。可是，这个来访的客人却不肯回去。他不但用力地敲，而且边敲边推，反复地敲个不停。

凡娜吉斯女神深深感动了。她站起来，轻轻地把门打开，睁开那双美丽的眼睛一看：啊，一位长得英俊、成就卓著的化学家——塞夫斯德朗站在这位美丽的女神面前，仔细把她打量一番，然后轻轻挽住她的手臂说："您就是女神凡娜吉斯吧？您正是我要请您到人间去帮忙的尊贵客人呵！"

克里蒙敲敲桌子手说："有趣！有趣！据说，柏济利阿斯之所以要给乌勒写这么个故事，是因为乌勒在实验中接近发现钒了。但是，他对实验中得到的新物质，没有再深入研究，就轻易地抛弃了。这个故事，它既是在回顾新元素发现的历程，又在为乌勒感到惋惜。科学界为了让人们记住这个科学发现的'插曲'，借用凡娜吉斯女神这个故事的主角，就把塞夫斯德发现的这种新元素，命名为'钒'。是么？"

苏格拉底点了点头，感慨地说："科学，需要敲门不止的精神；人生，要想有所成就，也需要敲门不止的精神啊！"

一个快成"剩女"的美女

有位美女长得宛若天仙，脸蛋十分漂亮，身材非常苗条，打扮特别时尚，而且头脑灵活，伶牙俐齿。应当说人见人爱。可她到了三十岁的时候，还是名花无主。看看周围的闺密好友，有的长得并不十分标致，却个个挽到了如意郎君。出双人对，卿卿我我，日子过得甜甜美美。而她呢，追她的男生倒是不少，可只要跟她游几次公园，交往个把月，就一个个无声无息地躲开了她，再也见不到影子。

美女想不通，便气呼呼地跑去问智慧天使苏格拉底。

她一把推开苏格拉底客厅的大门，见室内无人，便杏眼圆睁，柳眉倒竖，粗声喊道："屋里有人吗？我要找苏格拉底老儿评理！"

苏格拉底打了个哈欠，从内室慢慢踱了出来。

美女跑上去，一手叉腰，一手指着苏格拉底的鼻子，大声问道：

"天使老儿！我问你，我哪点不如别的女孩漂亮？可她们一个个都收获到了美满的爱情，而我——漂漂亮亮的一个美女，却马上要变成无人问津的'剩女'了，这公平吗？你说，你说，这到底是为什么？"

苏格拉底天使眯起眼，打量她好一会，才一字一顿地说：

　　"我的美女啊！你反思了没有？你十七八岁的时候，眼睛总长在脑顶，眼瞳里只有几朵彩云，看不见一个中意的男生。二十五岁以后，你的眼瞳虽然下移了几寸，可心里总与不如你的闺蜜攀比，脑里只晃动高帅富和羡慕与妒嫉别人的好运，全然看不到自己身上的恶疮与霉菌……就说说你刚才的言语举止吧，唉！连我这个一向以博爱、慈悲为怀的天使老头，都有点受不了的头晕与恶心，你更别想引起红尘中那些帅哥靓男们的爱慕了。可怜的孩子，你要记住希腊一位哲人的名言：再美的悍妇，也无美可言。男人对她，只会投去恶狠狠的白眼和鄙恨。无自知之明、好吃懒做的姑娘，粗俗、愚昧、无礼与自诩的强人，即使美若天仙，美满的爱情也会跑得离她远远。女人的美丽不止是身材和脸蛋，还有比脸蛋更重要的文雅、智慧，才艺、温柔、贤惠和淑娴。你懂了么？可怜的美女！"

　　美女低垂着头，默然而退。

向"美丽女神"求爱

有一次，天使苏格拉底向年轻小伙们讲了一个求爱的故事：

据说，在阿尔卑斯山下住着一位年轻、美丽、聪明、又十分富有的女神，只是她脾气古怪，非常高傲，从不轻易地接见生人。

附近的小伙子们不甘心，都想碰碰运气，纷纷跑去向这位美丽高傲的女神求爱。

有一天，一个愣头小伙跑去求婚。他走到美丽女神的门前，见门关得紧紧的。他想敲门，却认为自己实在不"般配"，想着想着就没有勇气了，只在门前看了看，叹了口气，就怏怏地回去了。

接着，第二个小伙子也跑去求婚，他鼓足勇气敲了敲门，可是屋里什么动静也没有。他以为美丽女神不在家里，也不好好打听一下，掉头就走了。

不久，来了第三个小伙子，他打听到美丽女神正在屋里绣花，便使劲敲门。女神想考验考验他的耐心，装着没有听见，并不立即开门。小伙子敲了好一会，以为这个美丽女神是个爱睡懒觉的姑娘，他想到外面玩一会儿再来敲，也悄悄地走开了。

后来，第四个小伙子也跑去求婚。他打听到女神正在家里，便换了衣服，捧着玫瑰，又做好接受女神考验的准备。他先敲大门，大门没有敲开，又绕到旁边去敲侧门，侧门还是没有敲开，他又去寻找到一个可以传达"信息"的窗户。他蹲在窗旁，边敲边唱"小夜曲"，想引起骄傲女神的注意，向她传达自己的爱慕。

可是，这位美丽女神把自己的身价看得太高太高，只到窗前瞟了他一眼，又回去绣花了。

这位小伙子敲了很久，也唱了很久，脚也站得有点麻木了，嗓子也唱得有点嘶哑了，可他没有放弃。他边敲边动脑筋，决心与这位高傲的女神比比智慧，比比耐性。他敲了一阵之后，突然长长地叹了一口气，便悄无声息了。

美丽女神以为这个小伙子也是个经不起考验的"薄情人"，这时，一定走得远远的了。她慢慢打开门，轻轻地走了出来，不禁吃了一惊。原来这个小伙子正躲在窗下，静静地等候。他见女神已经走到身边，立即跑上去，紧紧拉住她的双手，细细地向女神诉说自己的爱慕，终于赢得了这位美丽聪明而又高傲女神的爱情……

苏格拉底讲完这个故事以后，问年轻人："小伙子们啊，你们是不是也可以扪心问一问：在'机遇'这位美丽、高傲的女神面前，你是属于哪一类的'求婚者'呢？"

苏格拉底说，别等了

有一天，三个男人聚在一起。

第一个男人说；"西方哲人讲，'成功的男人后面，有一个伟大的女性。'这话对吗？"

"这话可能有点对。"第二个男人说："不过，这个'伟大'不容易找啊。首先，她必须是个贤淑温柔的人，是个性格好，脾气好的人；其次，她必须是个明道理，识大体的人；第三，她必须是个甘于贫贱，肯为你牺牲的人；第四，她必须能在你失败时只鼓劲、不埋怨、唠叨的人；第五，在你胜利时，她还能提醒你看到不足和陷阱的人；第六，她还是个能为你当参谋的人……"

第三个男人忙打断他的话说："唉，别说了，昨天我与上帝的使者通了电话。苏格拉底说，这种女人很难造，你们就别等了吧！"

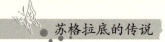

灵魂会在天堂歌唱

有人对苏格拉底抱怨说：

"亲爱的智慧使者呵，人的一生过得太快了。一闭眼一睁眼，一天就过去了；一闭眼不再睁眼，一辈子就过去了。"

苏格拉底说："人呵，只要你睁开眼的时候，能看清、看好自己走的每一步路，认认真真、清清白白地往前走，不为名利花草左顾右盼，不为声色犬马停步不前，那么，即使你闭上眼睛不再睁开，你的灵魂也会在天堂里大声歌唱啊！"

高山与大海

有一天苏格拉底去登一座高山，走到山顶，忽然大雨倾盆。雨水在山腰上汇成小溪，急急忙忙地往山下奔跑。

苏格拉底对小溪说："你们怎么不在山上多停留一会呢？这样可以多欣赏一下山上美丽的风光嘛！"

小溪斜了山峰一眼，对苏格拉底说："你看看那山啰！它总是挺胸昂头，一副傲然高耸的样子。它高啊，我们怎么敢去高攀它呀！"

苏格拉底看看高高的山峰，自言自语对山说："高傲的山呀！你悲哀呵，连雨水都不想在你身边多停留一下呢！"

苏格拉底又追着小溪，追着江河一路向前跑，来到了辽阔的大海边。小溪与江河们见到大海，就像小孩见到了妈妈，都嘻嘻哈哈向她怀里亲热地扑去，激起一片片热闹的浪花。

苏格拉底惊讶地问："这海与高山比起来，地位实在太卑低了，你们为什么都争着向它奔来呵？"

江河们抢着说："大海的位置虽然低卑，可它有个博大的胸怀，即使是成千上万条江河扑来，它都会高高兴兴地接纳，把我们紧紧地搂抱着，就像拥抱自己喜爱的孩子。天下的江河，即使离它再远，路程再难走，也要跑到里来，朝拜它，投奔它，成为它怀

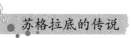

里的'宝贝'呢！"

苏格拉底深情地望望大海，轻轻地对它说："我的孩子！我明白你为什么能成为大海了！"

苏格拉底的试验

有一天，苏格拉底忽然心血来潮，想做一个很奇怪的试验。他找来了三十个身强力壮的男女青年，把他们分成 A、B、C 三组，每组五男五女，共十人，然后把他们带到三条路口，分别对三组人轻声叮嘱。

苏格拉底对 A 组的人，没有告诉他们要达到的目的地和路程的远近，只是说："孩子们，你们大胆地往前走吧，前面的某个地方，可能会出现一座仙山。但是，我不知道这座山在哪里，它离这里有多远，也不知道你们要走几天。你们只管朝前走吧，实在找不到，就回到这里来，我等候你们。"

A 组的男女们点点头，一个个出发了。

苏格拉底对 B 组的人讲明了目的地，描述了那里的情景，但没告诉他们要走多远，要走几天，只是说："孩子们，你们大胆往前走吧，在你们的正前方，有一座风光秀丽的仙山，山上盛开着幸福之花。你们每人只要采一朵回来，就会一生幸福快乐。但是，我不知道这座山距这里有多远，也不知道你们要走几天。……

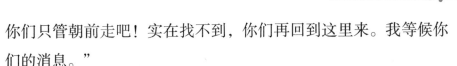

你们只管朝前走吧！实在找不到，你们再回到这里来。我等候你们的消息。"

B 组的男女们点点头，高兴地上路了。

最后，苏格拉底走到 C 组那里，既描述了目的地的美丽，又告诉他们的距离和大约几天的行程。信心满满地对他们说："孩子们，前面有一座风光秀美的仙山，满山开放着幸福的花朵。你们每人只要采一朵回来，就会拥有一生的快乐和幸福。仙山离你们出发点 100 千米，我在路旁每 10 千米处就竖了一块路碑，它们会告诉你每天走了多远。赶快上路吧！要是实在找不到，就回到这里来，我等候你们的好消息！

C 组的人一个个摩拳擦掌，都兴冲冲地飞快向前走。

一天以后，A 组的男女们一个个垂头丧气地回来了。他们中没有一个人找到仙山，走到半路就纷纷打回转了。

两天以后，B 组的男女们零零落落地回来了，他们中只有少数几个走到了仙山，采到了幸福之花。大部分人走了一天，就没有信心再往前走了。

三天以后，C 组的男女们一个个捧着采到的幸福之花，兴高采烈地来向苏格拉底报喜，描述着仙山的美丽风光和自己快乐的心情。

苏格拉底望着他们，面对这个试验结果，久久地陷入沉思……

天使十答

一、答法官

某日，有位法官问苏格拉底："先生！我要怎样才能成为一个智者？"

苏格拉底说："孩子，你要知道，审判别人比审判自己要容易得多。倘若你在审判别人之后，也常常审判一下自己，那你一定会成为一个真正的智者。"

二、答某青年

一位年轻人来问智者苏格拉底他说：

"您说世上有真挚的友情，可我看到的只有朋友的批评；您说世上有伟大的父爱母爱，可我看到的只有父亲的斥责和母亲的唠叨；您说，世上有真正的幸福，可我看到的却只有世道的坎坷和艰辛。"

苏格拉底回答说："孩子，你要懂得，这个世界上，有些东西只能用心才看得见。本质的东西，用眼是不见的！"

三、答失败者

有位事业失败的青年问苏格拉底："智慧的使者啊！据您看，成功者和失败者有哪些不同呢？"

苏格拉底拍拍年轻人说："成功者的眼睛，大都全神贯注地盯着机遇，而失败者的眼里，却往往只有困难和问题，不想多动脑子，不敢多喝苦水。"

年轻人不服气地说："天使呀，您冤枉我们啦！许多失败者也在动脑流汗呀！"

苏格拉底摇摇头说："不错，他们都在动脑。但，成功者开动脑筋，是在寻找解决问题的方案，失败者虽然也在动脑筋，却不是为了寻找失败的答案，而是在为自己的失败寻找借口！这就是他们的区别！"

四、答狼与狐狸

狼和狐狸忿忿地对苏格拉底说："上帝真不是个东西！这草原上有我和狐狸就足够了，为何还要制造出老虎和狮子呢？"

苏格拉底骂道："真不知足的东西！你们应当庆幸呀！幸好上帝没有给老虎和狮子一对翅膀呢！"

五、答众生问

众生问苏格拉底："尊敬的智慧天使呀！为什么有些恶人，却没有及时得到恶报呀？"

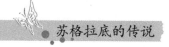
苏格拉底微微一笑："你们不知道么？阎王有时也会打瞌睡呀！不过，请你们相信，他迟早会睁开眼睛的！"

六、答后悔者

有后悔者问："智者先生，我听长辈说，能知道后悔的人，必有长进。我做错了事常常后悔，为什么却没有长进呢？"

苏格拉底看了看他说："可怜的羔羊呵！改正才是后悔最有出息的儿子。没有这个儿子的后悔，会变成看不见的吸血巫婆，常常会凶狠地吸走人们向前的勇气和斗志。它不仅不会使你长进，而且是失败最大的帮凶呢！小心呵，我的孩子！"

七、答上帝

上帝问智者苏格拉底："我用什么方法，可以衡量出一个人的优劣呢？"

苏格拉底想了想说："尊敬的主呵！您让他经历九磨十难，看他在逆境和苦难中，是如何对待与坚持的。"

八、答弟子

弟子西米亚斯问苏格拉底："老师！在挫折和灾难面前，我们最要学会的是什么？"

苏格拉底拍拍他说："你们在挫折和灾难面前，要学会沉着地笑，控制悲观地哭。请记住：你笑，全世界都会跟着你笑；你哭，全世界则只有你一个人在哭！"

九、答社会学者

社会学者问苏格拉底："为什么人世间，男人主动提出离婚的要比女人多呵？"

苏格拉底笑笑说："学者先生，既然夏娃是上帝用男人亚当的肋骨造出来的，那么，谁会舍得让自己的肋骨疼痛呢？除非亚当自己不想要这根肋骨了。这该明白了吧？"

十、答国王

年轻的国王向智者苏格拉底询问治国之道："智者先生呵！我要怎样做，别人才会服从我的命令呢？"

苏格拉底回答说："陛下，请您记住，虽然您贵为国王，假如您命令一个将军变成一只乌鸦，命令臣民们都做你的骡马，那将军和臣民们不服从您，愤而揭竿造反，那不是将军和臣民的错啊！"

试真草

有一天，佛祖释迦牟尼接见唐僧师徒。

比丘把唐僧师徒四人带上殿去。佛祖见到他们，心里十分高兴，对他们不畏艰险，来西天取经，大加赞赏，免不了要问长问短。

佛祖问："你们走过的地方，何处最美？"

猪八戒忙答道："高老庄！"

佛祖又问："你们三人的兵器，谁的最好？"

八戒听了，转着眼珠一想："这老头为何问这话儿？肯定是要论功行赏了。兵器好，自然出力大；出力大，自然奖赏多。这个，他能瞒过我老猪么？"

于是，八戒连忙抢着高声回答："佛祖爷呵！要说这兵器嘛，自然要数我老猪的钉耙了。"

佛祖爷半闭着眼睛，又问："何以见得？"

八戒从东土到西域，已经见多识广，便把所有的好词儿全用上来。他上前一步，唱个喏，笑嘻嘻地答道："佛祖爷啊，这钉耙，乃祖传秘方所制，是正宗的老牌货，造型美观，材料优质，除妖驱怪，质量三包，曾获省优、部优、国优、球优……"

佛祖听了，甚为惊异，忙睁开眼，问道："何为球优？"

"所谓'球优'者，乃地球上最优秀之钉耙也，已经冲出亚洲，走向世界，天下少有，世间无双呢……"

猪八戒一口气把作广告的词儿全用上了。

孙悟空听了，不禁在旁边嘻嘻地笑。

佛祖问道："悟空，你笑什么？"

悟空忙上前施了一礼说："我笑佛祖你哩！这样好的钉耙，为何不让八戒当着大伙试一试呢？也好叫我们长点见识啊！"

佛祖点点头，忙问八戒："此耙能挖小草么？"

八戒连忙点头答道："挖草小技，何难之有？"

佛祖带八戒师徒来到后院，见一小草，状如剑兰，便命八戒挖来。

八戒举耙挖去，谁知土块未动，反将钉耙弹起三尺多高。

八戒以为用力不够，又高高扬起钉耙，使劲挖了下去。这一下只听到"嘣"的一声响，耙齿震得粉碎，连耙柄也断成三截。

八戒不知何故，忙问佛祖："此土为何如此坚实？"

佛祖笑了笑，对身边的观音菩萨说："还是请观音菩萨给他介绍介绍吧！"

观音菩萨耸耸肩膀，用手掩嘴大笑："八戒呵！此草名曰'试真草'，真货假货，真好假好，一试便可知道。这是佛祖爷专为吹牛、冒牌者之流栽下的仙草！"

❧ 一个 "眼神" 的价值 ❧

智者苏格拉问弟子克利托："您知道一个不尊重顾客的'眼神'，值多少钱吗？"

"不知道"克利托摇摇头说："难道这'眼神'也能卖高价么？"

"惊人的高价！"苏格拉底说，"在英国有一位老人，经常到隔壁的小商场去购买日用品。有一次，老人在店里货物架前，挑选了很久，最后只买了一块肥皂，还对售货员说：'你们的货物摆得太高，我们老人取货很不方便。'售货员很瞧不起这种购物少、又啰唆的顾客，向他投去一个轻蔑的眼神。老先生感到自己受了侮辱，从此宁愿多走三百米，到另一家商店去购物，也不进这家商店的门了。直到十年以后，这个售货员被辞退了，他才又走进这家商场。后来，在闲谈中，老人告诉老板，这几年他没去这家小商场购物的原因，老板惊异不已。待老人走后，他忙把新售货员喊到身边，用计算器算了一笔账。假设这位老先生每天到店里消费 20 英磅，一年 360 天，就会消费 7200 英磅，那么，十年就是七万两千英磅。由于那个售货员一个不尊重顾客的眼神，使店里蒙受七万多英磅的损失。老板对雇员们说：'你们的微笑、热情和冷漠、讥笑都是有价的，而且价格高昂啊！'"

克利托惊诧地点点头说："老师！这个故事真值得我们每个人深思呵！不止是商店的顾员老板呢！"

成功者的习惯

弟子斐多问智者苏格拉底："老师！你最近在研究什么？"

苏格拉底机灵眨眨眼睛说："我在研究成功者的习惯呢。"

斐多惊异地问："难道成功者，还会有什么独特的习惯么？"

"有呀！据我观察，"苏格拉底一边说，一边扳着手指，给弟子斐多数起来：

"大凡成功者，第一个习惯是：总是喜欢做那些失败者不喜欢做的事。

"第二个习惯是：天天与自己不良的垃圾欲望作斗争，比战胜他人的欲望更勇敢。

"第三个习惯是：跌倒了，总是用百倍的自信和勇气，千方百计地奋力爬起来，决不躺下哭泣。

"第四个习惯是：像选择妻子一样选择朋友；像对待上帝一样对待朋友。

"第五个习惯是：再高的山峰也敢爬，再难走的路也敢走。每天赶路，从不停下自己的脚步。

"第六个习惯是：不断总结和铭记自己的失误，时时注视别人的成功，耐心守候机遇女神的大门……"

年轻的弟子斐多向苏格拉底抱怨道："唉，老师！为什么成功的门对我总是关着呢？"

苏格拉底说："不一定吧？我告诉你，这就是成功者的第七个习惯：不要充满遗憾地长时间注视那扇关了的门。如果这样，那你就永远看不见那扇为你开着的门了。凡是成功的人都知道：一扇门关了，另一扇门，上帝总会为你打开的！"

苏格拉底为"修炼者"支招

有个年轻的信徒向苏格拉底请教：

"我想成为'第一等好人'，智者啊，我应该如何去修炼？"

"好啊！"苏格拉底赞赏地拍拍他的肩膀说，"孩子，你有此想法，就已站在通向'第一等好人'的路口了。"

接着，苏格拉底为年轻的修炼者支了几招。他说：

首先，你必须用"第一等好人"的标准要求自己。心里要装有几个"第一等好人"的言行和故事。每晚躺下时想一想：他们是如何励志、修业，如何进德、自处，如何处世、待人……将他们当作镜子，时时照照自己的心灵；用他们作标尺，经常量量自己的言行。请记住：用英雄标准要求自己的，才能成为英雄；用庸人标准要求自己的，绝对是庸人。

其次，要像"第一等好人"那样去面对和战胜人生的困苦和艰难。美国老罗斯福总统，他每次遇到人生难题时，就抬起头来，看看墙上林肯的照片，拍拍脑袋问自己："假如林肯遇到这个难题，他会怎样对待和处置呢？"于是，心里立即涌出"第一等好人"的勇气、智慧和信心。

第三，要有"英雄气"和"英雄胆"。你也许成不了英雄，但做人不能没有一点儿英雄胆气。有了它，你才能不断战胜自我，才能勇敢地去面对现实的残酷和敢于挑战新的高度。"敢于斗争，敢于胜利""若为自由故，二者皆可抛"，字字皆喷射出一股英雄气呀！

第四，要用一种严格的标准，来鞭打自己的惰性和慵懒。这个标准是：不仅不愿做事的人是懒蛋，还有那些原本可做得更好而不去争取做得更好的人也是懒蛋。要知道：所谓成功，就是做最好的自己。

第五，在人生路上，要气度宽宏，踏实而有定力。要牢记我弟子亚里斯多德的嘱咐："无论遭遇的命运或善或恶，皆能适度以应之。成功不以为喜，失败不以为悲，外界的毁誉褒贬，概不介怀，只是为所当为，为所可为而已。"即使遇到人生的大恐慌，心底也能一波不起。

第六，要放飞爱心，扼住贪念。爱心是人之花朵，能使你超越平凡而变得美丽。倘若你在艰危的苦难中，还能爱亲朋，爱世人，爱人生，爱社会，你就能跳出怨恨的陷阱，心里洒满高尚的阳光和人性的温馨。而贪念，是杀人和自杀的刀子，扼住它，才能避免把你引向悬崖；爱的芬芳，才能簇拥你步入"第一等好人"

的奇境！

年轻的信徒听了，向苏格拉底智者深深地鞠了一躬，以致谢。

"围城" 新解

弟子西米亚斯在读《围城》。

他问智者苏格拉底："老师！为何中国钱锺书老夫子写出这样的名句：'围城中的人，拼命往外逃，围城外的人，拼命往里挤'呢？"

苏格拉底翻开《旧约全书》，指着"创世纪"那一章给西米亚斯看。

《圣经》上说，上帝首先创造了男人亚当，又给他创造了鸟兽虫鱼，可亚当还说孤独寂寞。

于是上帝趁亚当熟睡时，取下他胸前一根肋骨，创造了女人夏娃。

从此，人世间就熙熙攘攘，男男女女，寻寻觅觅，热闹非凡。

男人们想找回那根属于自己的肋骨；女人们想找到那个属于自己的胸膛。

然而，男人总是看花了眼，往往与那根称心的肋骨失之交臂；女人也常常两眼发花，把最适合自己的胸膛当成冰窟，弃之而去。

有时，男人饥不择食，随随便便抓住了一根蛇刺当肋骨；

有时，女人匆匆忙忙，晕头晕脑地钻进虎口，还在美美地幻想……

于是才有钱锤书在《围城》里描写的那一幕：

围城中的人，拼命往外逃；

围城外的人，拼命往里挤……

智者解疑

一、无人教的艺术

有位年轻人想学习如何生活，就背着行囊去求师。半路上遇到苏格拉底，他便拉住这位大师请教。

苏格拉底想了想，对年轻人认真地说：

"生活是一门需要学习，但又是无人能教的艺术。我劝你还是回家去，到实践中去学习和领悟吧！"

二、"今天"与"明天"

人们都在忙忙碌碌地劳动、工作和创造。只有"懒惰"躺在席梦思上呼呼大睡。

睡醒了，它揉揉眼睛，问智者苏格拉底："今天"与"明天"是什么关系？

苏格拉底气愤地跑过去，猛拍它的脑袋，大声警告说：

"如果'今天'不去创造你希望的'未来'，那么'明天'就必须忍受你得到的'将来'！"

三、河流的智慧

大山望着山下奔腾的河流，向苏格拉底请教：

"河流为什么能到达大海？"

苏格拉底深情地回答：

"因为它懂得避开前进道上的障碍……"

四、幸运是什么

弟子们问苏格拉底：什么是幸运？

苏格拉底环视了大家一下，说了个小故事：

达·芬奇的儿子，有天问他："爸爸，有人说你很幸运，在文学、科学和绘画方面都取得令人羡慕的成就，那么，什么叫幸运呢？"

达·芬奇拍拍儿子的肩膀说：

"幸运，就是你付出百分之百的真诚、智慧和辛劳之后，所剩下的那点'东西'。"

喂　狼

有个年轻猎人捉到了一只小狼，觉得它十分可爱，便把它抱回家去，当宠物饲养。

从此，年轻人每天用猪肉和兔肉精心喂养小狼。他企盼着，想等小狼长大了，像狗一样给他看家。

有一天，苏格拉底到他家来串门，知道了这件事，便告诉年轻猎人别存幻想，赶快抛弃小狼。

年轻猎人不相信，还是照样喂养着狼。

一年以后，小狼长大了。年轻猎人上山打猎时，便将狼留在家里守羊圈。等他打猎回来时，那只狼不见了，还咬死了两只羊，拖走了一只羊羔。

年轻猎人向智者苏格拉底气愤地哭诉：为什么我那样宠爱它，它还要恩将仇报呵？

"因为它是条狼呵！"苏格拉底拍拍他的头说，"你即使把狼当自己亲儿子看待，它长大了还是会跑到森林里去的。它没咬死你已是万幸啦！"

在拳击场的感悟

有一天，克里蒙请智者苏格拉底去看一场拳击比赛。

两个拳击手在台上打得十分勇猛，个个出拳都有千钧之力。终于，有一方被打败了，倒在台上的拳击者眼青鼻肿。

这时，全场掌声雷动，喝彩声不断。

散场后，克里蒙说："今天这场拳击真精彩啊！"

智者苏格拉底发出一声长长的感叹：

"唉！站在这拳击场上，我才知道人生拼搏的分量，才明白人生需要的顽强。这里不同情弱者，只为强者喝彩鼓掌。"

总想毁灭别人的人

中国宋代大奸贼秦桧，曾以"莫须有"的罪名害死了岳飞，结果自己和老婆都被后人铸成铁像，在杭州岳飞坟前跪了几百年，看样子还要继续跪下去。

有一天，苏格拉底游历杭州，正好去祭谒岳飞。

秦桧想不通，便拉住苏格拉底，想问个明白。

苏格拉底瞪了秦桧一眼，骂道：

"奸贼，你要懂得一条不可颠扑的历史法则：总想毁灭别人的人，自己必将被毁灭！给别人挖的陷阱，掉下去的正是他自己。你懂了吗？"

"罗森塔尔效应"

有位父亲向智者苏格拉底请教："尊敬的智者！我很想把我的孩子教好。可我要怎样才能使孩子迅速健康地成长呢？"

苏格拉底问："先生！你知道著名的'罗森塔尔效应'吗？"

这位父亲摇摇头。

"那你必须好好学习和领悟一下了。"智者苏格拉底说。

原来，西方有个心理学家叫罗森塔尔。有一天，他来到一所小学，煞有介事地做了一番'发展预测'后，拿出了一份名单，对教师们说，这是我预测出的十个"最具优异发展可能"的学生，你们要好好培养，但必须对学生们保密。"

老师们很高兴地接过这份名单，对名单上的学生倍加爱护和精心培育。

其实，这是一组完全没有任何依据，不过是罗森塔尔随意抽写的一组名单而已。然而，这些老师们却因此对这些学生产生了一种挚爱。这种爱的流露，又使这些学生产生自信、自强的心理。

几个月后，凡是列入名单的学生，成绩果然提高很快。个个性格开朗、情感活泼，求知欲望旺盛，跟老师们也很亲近。每个学生都有了很大的发展。

"这就是教育心理学上著名的'罗森塔尔效应'。"

苏格拉底讲完这个故事后，转身问那位父亲：

"你是不是也从这中间悟出点儿什么了呢？"

在人生的竞技场上

苏格拉底的儿子阿 G，要去参加全希腊长跑比赛。临行前阿 G 去向爸爸告别："爸爸！您还有什么嘱咐么？"

智者苏格拉底拿出一个精美的盒子交给他："孩子，这里面装着一颗'智慧大力丸'。赛前你打开盒子，从中吸取营养，也许会对你参加比赛有好处的。祝你好运！"

阿 G 遵照爸爸的吩咐，比赛前两个小时，他把盒子打开，里面果然有个腊丸。再把腊丸掰开，里面是一张粉红色的纸，上面写着《致长跑运动员阿 G》：

"阿 G，我亲爱的孩子！

不要夸耀，你在起跑线上，

千百次地把鞋磨坏；

不要满足，你在欢声如潮的终点，

奋力冲刺的精彩。

在人生的竞技场上，

往往是那严厉的 0.1 秒，

决定你是有'名次'，还是被淘汰！"

金　婚

这一天，是智者苏格拉底和夫人金婚的日子。

夫人特意准备了一瓶香槟，热切地等待苏格拉底来献玫瑰。可是，苏格拉底只献给她一支松枝。

夫人惊异地问：

"怎么没有玫瑰？难道我们一生的爱，都变成松枝了么？"

苏格拉底吻了吻夫人说：

"正是。爱的开始是一朵鲜艳的玫瑰，那是很容易闻到的清香，也是最容易被双方感受和领会到的温馨。但它也非常娇嫩，极易凋谢。只有当两人互相微笑地注视一生之后，爱，才成为人生的奇迹，成为一束傲雪的青松，一支永不凋谢的生命之花！"

初恋与热恋

一个小伙子正在追一位女友，心情非常急切，就去请智者苏格拉底给他一些指点。

苏格拉底笑笑说："年轻人啊，请你记住，初恋是一朵娇嫩的花，开得鲜艳、热烈，却最经不起风吹雨打。"

小伙子又问："那倘若我们进入到了热恋呢？"

苏格拉底继续说："热恋是一杯烈酒，喝了它，你会飘飘欲仙，也会使你变傻。在痴痴的醉意中，你可能摘到一个甜瓜，也可能抓住一只刺手的蚂蚱。"

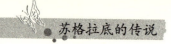
"成功"与"失败"互诉衷肠

有一天，苏格拉底问弟子们："你们知道失败与成功是什么关系吗？"

弟子们摇摇头。

苏格拉底说："它们是孪生兄弟，关系亲密得很呢！"

说着，他拿出一个收音机似的小匣子，按下按钮说，

你们听听它们是怎样互诉衷肠的：

"失败"大哥有次在一座大山腰上，碰到了"成功"老弟，两人热烈拥抱，互诉衷肠。

"失败"激动地拍着"成功"说：

"老弟啊，我走在你的前面，跌跌撞撞，披荆斩棘地探路，吃尽苦楚，浑身是泪，是血，是伤。唉！不说这些了吧，我只盼望你踏着我的肩膀，快点闪亮登场！"

"成功"也激动地拉着"失败"的手说：

"大哥啊，回首以往，忘不了你老兄的累累创伤。举目前望，路漫漫任重道长，站在这通向峰顶的一级台阶上，停步，就会跌进落后的深谷，前闯，才能看到奇峰上的辉煌！"

人生的四季

老友克里蒙与智者苏格拉底在田野间散步。

克里蒙指着那片宽阔的田野说："我觉得人生也像这片田野里的庄稼，要过好几个季节。你有这种感觉吗？"

"有！"智者苏格拉底抚摸了一下路边沉甸甸的稻穗说：

"对极了！人生也有四季呢：

少年，是播种的春季；

青年，是勤耕的夏季；

壮年，是努力收获的秋季；

老年，是深情回眸的冬季。

倘若错过了一个季节，

你将收获一生的叹息！"

你扮演什么角色

有一天，克里蒙邀苏格拉底看戏。

舞台上正在演一出京剧，生、旦、净、末、丑纷纷登台，煞是热闹。

散戏以后，他俩走在月下的路上。克里蒙问苏格拉底：

"我们的大智者呵！你今天有什么感悟呢？"

苏格拉底说："我边看边做了副对联。上联是：'凡事慎当前，看戏何如听戏好'；下联曰：'为人须顾后，上台想到下台时'。"

克里蒙拍手笑道："妙！妙！尤其是那些正在台上作威作福的人，要好好记住'上台想到下台时'啊！"

"何止是他们呵！我们每个人都要想一想呢！"苏格拉底一脸严肃地说。

"看了这些生、旦、净、末、丑的精彩表演，我突然感悟到：

常拷问自己心灵的人是智者；

只会献花喝彩的人是弱者；

能剜去身上毒疮的人是勇者；

在逆境中呼啸前行的人是强者！

——每个人都要问自己，

在生活中你到底扮演了什么角色？！"

酒瓶和酒鬼吵架

克亚西是个嗜酒如命的人，时不时喝得大醉，惹出事端。家里人见他老了，脾气特大，都不敢劝他。

有一天，他到智者苏格拉底家去串门，看见他正在寻找酒瓶。

克亚西惊喜地问："老伙计，今天，你该不是有什么好酒招待我吧？难道太阳从西边出来了么？"

苏格拉底说："我哪有什么好酒呵！今天隔壁有个酒鬼和酒瓶吵了一架。我正想问问酒瓶呢？"

克西亚笑笑说："老幽默！你真会说笑话呵！"

苏格拉底一本正经地说："老伙计！这绝对不是笑话，此事就发生在前不久。先是酒鬼喝干了酒瓶，酒瓶很生气，扬言要喝掉酒鬼的青春。酒鬼红着脸，砸碎了酒瓶。酒瓶气愤地回敬说：我要砸碎酒鬼的一生！"

"呵？那后来呢？"克亚西好奇地问。

智者苏格拉底说："后来我只好去劝架。我说，邻居老哥，你不能怪酒呀。酒这东西呵！它既会联络亲朋，也能接待高官，它既让人品尝欢乐，也会给人制造祸端。它装在同一个壶里，就看你派什么用场！"

克西亚大悟，起身向苏格拉底致谢离去。

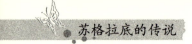

人生的大考

智者苏格拉底的孩子要去学校参加期考。

孩子很不愿意，却又没有办法，在背后嘟着嘴说："唉！当学生真糟糕，每期都要考，真把人烦死了。要是不考，那该多好！"

苏格拉底听到了，开导孩子说：

"孩子啊，别怕考，爸爸这一把年纪了，还在天天在参加考试呢！"

孩子惊讶地问："爸爸，您也要考试么？"

"要啊！"苏格拉底一脸认真地说："人生本身就是一场大考，考题有千道万道，阅卷老师很严很严，记分标准很高很高。不过，孩子，你别害怕，也别气恼，生活中的每次'小考''中考'，'困难'和'挫折'的每次教导，都是为了你，能把人生的大考考好！"

"贪婪" 杀人

有一天，老友克里蒙对苏格拉底叹息说：

"我有个朋友，在省里当了官，自己有两百平米的住房，银行里有几十万的存款，妻子、儿女都有很让人羡慕的工作，不知为什么他还要贪污。最近东窗事发，由于贪污数额巨大，妻子、儿女和媳妇，均被牵连进去，已被关押。他自己只怕脑袋也难保。唉！我真不知道这些人是怎么想的，为何会如此糊涂？"

智者苏格拉底说："我的老友呵，你应该知道，人世间，最容易上钩的不是鱼，是贪婪；天地间，杀人最多的不是刀，也是贪婪！"

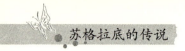
"虚荣"是鱼钩上的饵

有个年轻朋友,有才学,有胆识,有干劲,有业绩,上级正准备提拔他当更大的官。

谁知组织部门一考察,群众反映他虚荣心特重,结果被刷了下来。

年轻朋友很不服气,来找智者苏格拉底发牢骚。

"别烦恼了。"苏格拉底说:"我倒要恭喜你呢,也许这事会使你因祸得福呵!"

年轻人问:"这话怎讲?"

智者苏格拉底说:"虚荣在你心里游动,常常是钓鱼人钩上的饵。用它钓你,十次会有十次成功。你被钓到桶里,往往还不明白……官当大了,想'钓'你人更多啊!"

年轻人顿悟。

小矮人兄弟找奶酪

克里蒙问苏格拉底："智者先生，早几年，美国作家斯宾塞·约翰逊，写了一个寓言式的故事，名叫《谁动了我的奶酪》，您读过没有？"

苏格拉底点点头说："读过。不过这故事还有另外一个版本：叫《小矮人兄弟找奶酪》呢。"

"啊，这到没听说过。"老友克里蒙来了兴趣，说："您快讲讲吧！"

据说，小矮人兄弟听说老鼠在地下迷宫里找到了奶酪，便也相约到迷宫去寻找。

迷宫很大，既黑暗路又长，曲曲折折，很不好找。兄弟俩备了手电筒和干粮，穿着耐磨的跑鞋就出发了。

他们在迷宫里找了好些日子，终于每人都找到了一份又香又甜的奶酪。

矮人弟弟说："老天保佑，我可以在这里享受快乐和安宁了。"

他把家搬到奶酪边，扔掉磨破了的跑鞋，躺下来，美美地享受着生活。

矮人哥哥不同，他虽然也找到了奶酪，但时时注意打听关于奶酪的新信息。仍然一如既往的脚穿跑鞋，每天辛辛苦苦地寻找新的奶酪。还特别留心外面环境的变化，关心自己奶酪一天天减少的速度。

不久，矮人弟弟的奶酪吃完了，新的奶酪一时又找不到，结果饿死在迷宫里。而矮人哥哥呢，却接连不断地找到了新奶酪。日子越过越甜美……

克里蒙听了感叹说："矮人哥哥，可谓谋事于前，有先见之明啊！"

智者苏格拉底说："人，不能扔掉创业时的跑鞋，要时时准备穿上它，向新的目标出发啊！"

林肯的勇气

有一天，克里蒙老友问苏格拉底："美国总统林肯的故事，您知道么？"

智者苏格拉底说："您是指他签署《解放黑奴宣言》那件事吧？"

克里蒙说："正是。最近我读到他的传记，这件事对人很有启发。据说，有位叫马维尔的法国记者去采访林肯，问道：'总统先生，据我所知，上两届总统都曾想过要废除黑奴制度。《解放黑奴宣言》那时也已草拟好了。为什么他们没有签署它？是不是他们要把这一伟业留下来，让您去成就英名呢？'"

"林肯笑笑说：'如果他们知道签署这个宣言，仅仅是需要一点拿起笔的勇气，我想他们一定会很懊丧的。'"

"后来，林肯在给朋友的一封信中，谈到了勇气对成就事业的重要性。林肯说，他爸爸在西雅图有一处农场，山上有很多石头，他妈妈建议搬走。爸爸却说，那些石头是和山连在一起的，肯定搬不动，要是能搬走，原来的主人也不会把农场卖给他了。

"有一次，他爸爸到外面买马去了，他妈妈就带着孩子们去挖石头。结果发现，石头只是一块块地孤零零叠在一起，并未与大山连着，只要往下挖一英尺，就完全可以把它们撬动。林肯在信的结尾说：'有些事情、某些人之所以不去做，只是因为他们认为不可能。其实有许多'不可能'，只存在于人的想象之中。'"

智者苏格拉底点点头说："凡成大事者，是需要勇气的。有时，就是那一点点勇气，决定着你的成败。勇气能出智慧，勇气能出好汉，勇气能创造奇迹。成功者与失败者的距离，有时就只隔着'勇气'两个字。"

洛克菲勒的"赠予"

有一次，苏格拉底对老友说："智慧的人，可以把看似赠给别人的财富，变成赠给自己的巨大财富。您信么？"

克里蒙惊讶地问："此话怎讲？"

苏格拉底说："您知道美国洛克菲勒家族的事嘛？"

事情是这样的：

第二次世界大战以后，以美、英、法为首的战胜国的头头们，经过磋商，决定在美国纽约成立一个协调处理世界纠纷的联合国。可是没有资金，在纽约买不起一块合适的地皮修建联合国大厦。

美国的洛克菲勒财团听到这个消息，立即表示愿意出资 870 万美元，为未来的联合国，在纽约买一块地皮。

870 万美元，可不是个小数字，洛克菲勒财团却什么条件也未提。许多财团都认为洛克菲勒发疯了，等待看它破产的好戏。

谁知洛克菲勒财团是经过深思熟虑和精心谋划的，他在赠送这块土地以后，立即在周边购了许多块土地。等联合国大厦建成之后，周边的土地的地价，立马飞块地飚升。洛克菲勒家族因此获得数十倍高于赠款的财富，使那些曾经嘲笑和讥讽他的商人看傻了眼。

智者苏格拉底敲敲桌子说："中国有句俗话：'舍不得金弹子，打不到巧鸳鸯。'盈利之道，有舍才能有所得。'赠予'二字，听起来是把自己珍贵的东西拱手送给了别人，其实细细想来，就是赠送给自己。'予'，在中国古文里就是'我'的意思。'赠予别人'，恰恰就是'赠给我自己'。'赠予'也是一种巧妙的经营之道啊！"

两个旅行者的奇遇

一天夜晚，老友克里蒙与智者苏格拉底坐在月下说古，谈起他们读到的许多古今的故事。

克里蒙说："有些小故事，寓有深刻哲理，读了可以一生受用。"

苏格拉底笑笑说："有这么神奇吗？"

"有啊！"克里蒙肯定地说："我最近就读到这样一个故事："

从前，有两个非洲人，到撒哈拉大沙漠去旅行，走了几天几夜之后，迷失了方向。这时，他们又饥又渴，心里在祈祷，希望上帝能保佑他们走出这片鬼沙漠。

忽然，他们发现沙漠中有一间又旧又破的小屋，便走进去一看，里面虽然没人居住，但屋里有个吸水器。他们连忙去抽水，却抽不出一滴水来。正在他们泄气的时候，另一个同伴发现吸水器旁有一壶水，壶口被木塞塞得紧紧的。壶底压着一张纸条，上面有一行字：

"假如你想喝水，必须先把这壶水倒进吸水器中，然后才可抽出水来。请记住，喝完以后，你一定要把水壶灌满，用木塞塞好，才能离开。多想想后来的旅行者吧！祝你好运！"

他俩忙拔开壶塞，果然里面有满壶清亮亮的水。

于是他俩争执起来。一个说："上帝保佑，好不容易找到这壶水，喝了它，我们就可以活命了。如果倒进吸水器，要是仍然抽不出水来，我们就会活活渴死！"

另一个说："不，在这样的沙漠里，前面的人为我们留了一壶水，我们也一定要为后来的人留一壶水啊，不然，上帝是不会饶恕的！"

他们争论了一会，最后还是决定按纸条上写的去做，先把壶内的水倒进吸水器。

这时奇迹出现了，他俩一摇吸水器，果然抽出了又清又甜的水，两人痛快地喝了个够。然后坐下来休息，谈论这件奇事。

临走时，他们按照纸条上的吩咐，又满满地灌了一壶水。并在纸条上加写了几句话：

"过路的朋友，请你相信我们，这纸条上的话不会骗你，只会给你带来好运。如果，你同前行的人一样，把自己的生死置之度外，那么，你就会像我俩一样，一定能够喝到清甜的泉水。"

智者苏格拉底听了，感叹说："能抛开自己的利益，为别人着想的人，一定会收获幸福和奇迹！这个世界，多一些这种人，就更可爱了呵！"

"消极的人"与"积极的人"

有一天，智者苏格拉底问老友克里蒙：

"好久不见，你到哪里去了？"

克里蒙说："旅游去了。有两件见闻，我正想告诉您。

第一件事，我到日本经过伊豆时，那里的路布满了一个个小坑，车子颠颠簸簸。导游连忙向游客鞠躬道歉。我们听了，虽没说什么，心里却不是滋味。第二天，我们打回转时，又经过伊豆。这次车上换了个导游，他笑嘻嘻地对大家说：'女士们，先生们，这条路，就是有名的'伊豆酒窝大道'，虽然车子有点晃晃荡荡，但这种'摇篮式'的感受，诸位一定是久违了。'他的话引起全车人愉快地大笑，对这种坎坎坷坷的路，不仅不感到难受，还引发了一些美好的联想和诗意。"

苏格拉底说："这个导游是一个很会生活的乐观主义者。"

克里蒙又说："接着，我们去游了俄罗斯的大森林。在森林边的小木屋里，听到一位护林老人讲了这样的一个故事：

"有位年轻猎人，进山打猎时丢了一支猎枪。他懊丧地回到家里，把这事告诉了父母。他母亲听了，急得大嚷：'猎人丢了枪，你今后靠什么生活啊？'他父亲却哈哈大笑说：'好啊，从今天起，你就会知道省钱买新枪了！'"

智者苏格拉底听了感叹说："人呵，对待同样的事，却常有不同的态度。消极的人，常常在机遇里只看到难题；积极的人，却往往从难题中能看到机遇。"

福特公司的"失败之母"

有一天，克里蒙问智者苏格拉底："成功的人应该注意什么？"

苏格拉底说："要记住，成功也是失败之母呵！"

克里蒙惊讶地问："这怎么讲呢？"

苏格拉底说："有啊！美国有个赫赫有名的福特汽车公司，他的创始人福特一世，16岁闯天下，结识了一批杰出的管理和机械专家，使福特公司蒸蒸日上，名扬天下。这时，老福特洋洋得意，以为自己了不起，再也听不进别人的意见，常常一意孤行。结果，精英们纷纷离开了他。公司也江河日下，一天不如一天，几乎快破产了。这时他的孙子福特二世接了班，重新聘贤才，谦虚谨慎，礼贤下士，吸收别人的好经验。这样经过一段时间的艰辛努力，才使企业出现勃勃生气，登上一个新的高峰。

"谁知，福特二世稍有成功，就忘了爷爷的教训，也骄傲自满起来，常常独断专行，结果，企业又跌落到低谷。福特二世不得不下台，结束了77年的家族统治。公司选出新董事长，再整旗鼓，重新出发，才避免了公司的破产危机。"

　　克里蒙听了，很有感触，他对苏格拉底说："老伙计啊！人们常常讲'失败是成功之母'，那是因为失败了，人们会虚心总结和吸取教训。看来，成功不只是一种辉煌，也是一种考验呀！在成功面前，稍有不慎，就会跌落到失败的深渊！'成功也是失败之母'，此言当谨记啊！"